마스터 X

마스터 K 13

김광수 현대 판타지 장편 소설

초판 1쇄 찍은 날 § 2013년 8월 27일
초판 1쇄 펴낸 날 § 2013년 9월 2일

지은이 § 김광수
펴낸이 § 서경석

편집부장 § 권태완
편집책임 § 어정원

펴낸곳 § 도서출판 청어람
등록번호 § 제1081-1-89호
등록일자 § 1999. 5. 31
어람번호 § 제1-1668호

주소 § 경기도 부천시 원미구 심곡2동 163-2 서경B/D 3F (우) 420－822
전화 § 032-656-4452 팩스 § 032-656-4453
http://www.chungeoram.com
E-mail § chungeorambook@daum.net

ISBN 978-89-251-3442-0 04810
ISBN 978-89-251-3073-6 (세트)

마스터 K

13

김광수 현대 판타지 장편 소설

FUSION FANTASTIC STORY

CONTENTS

제1장
흔쾌한 조건

마스터K

"부탁?"

평소 때 같지 않게 부탁이라는 말까지 쓰는 예린이.

자녀들 앞에서는 평범한 어머니인 윤 여사.

"민이, 당분간 저희 집에서 지내면 안 돼요?"

'그읏~!'

갑자기 나타난 것도 그렇고 빤히 갈 곳이 없다는 것은 다 알고 있을 것이다.

직접 부탁하지는 않았지만 이 순간 나에게 가장 시급한 문제가 무엇인지 알아챈 예린이.

나의 텔레파시가 통했다.

저 정도 눈치라면 충분히 세상 사는 데 지장이 없을 것이다.

"그래? 그렇단 말이지?"

예린이에게 쏠려 있던 시선이 윤라희 여사를 거쳐 나에게 집중되었다.

누가 뭐라 해도 윤라희 여사의 한마디가 중요한 순간.

나는 최대한 눈알의 힘을 빼고 윤라희 여사의 눈을 바라보았다.

아무리 예린이가 죽고 못 사는 친구라 하지만 남이다.

사생활 공간에 타인을 들여 함께 생활한다는 게 쉬운 일은 아님을 잘 안다.

그러나…….

"네, 그렇게 됐습니다."

그리고 시선을 아래로 떨어뜨리며 말을 이었다.

"예기치 못했던 사고로 부상을 당하는 바람에 스승님께서 저를 설악산으로 데려가 치료를 해주셨습니다. 그 시간이 3년이나 흘렀습니다. 그사이……."

나는 말끝을 흐리며 다시 윤라희 여사의 눈을 바라보았다.

"학교도… 저는 부모님은 물론 일가친척 한 분 없습니다.

아마… 예린이가 아니었다면 분명 어제도 서울역 대합실이나 공원에서 노숙을 했을 것입니다…….”

나에 관한 정보는 이미 예린이 때문이라도 다 알고 계실 판이다.

최대한 촉촉한 마음을 음성에 담았다.

오라는 곳은 없어도 갈 곳은 많은 나였다.

이런 나에게 갈 곳이 왜 없겠는가.

강남 북경루 왕 사장이 호텔 하나 잡아주는 건 일도 아니었다. 그리고 장씨 아저씨도 내가 찾아가면 그냥 계실 분이 아니다.

쌍수를 들고 환호할 장씨 아저씨 패밀리들.

하지만 나에게는 지금 안전지대가 필요하다.

양 도사의 마수에 걸려들지 않고 이 땅을 벗어날 수 있는 안전 가옥.

백번을 생각해 봐도 경비가 이정도 삼엄한 저택은 오성그룹 회장님 댁밖에 없을 테니까.

“흐음…….”

그때 유병철 회장이 짧은 신음을 흘렸다.

나를 안타깝게 바라보는 시선이 팍! 느껴졌다.

‘1차 성공!’

나는 조용히 상황의 변화를 감지했다.

사람에게는 순수한 영혼들이 가장 예민하게 반응하는 감정이라는 것이 있다.

그 감정은 어떤 선택을 해야 하는 순간 가장 확실한 지렛대 역할로 작용한다.

어떤 감정을 갖고 판단하느냐에 따라 선택의 결과는 천양지차로 달라지게 된다.

냉철한 이성과 더불어 정신세계를 통해 삶의 질에 지대한 영향을 미치는 양대 축이다.

특히 유병철 회장은 냉철한 이성의 지배를 많이 받는 사람.

그런 유 회장이 나를 바라보는 시선은 다른 누구의 시선보다 가장 확실한 답이다.

이성과 감성 양대 축 중에서도 감정은 가장 인간적인 면을 대변하기 때문이다.

물론 간혹 개만도 못한 자들이 감정의 노예가 되어 인간답지 못한 짓거리를 하는 경우도 있다.

그것은 정화되고 다듬어진 감정이 아닌 거친 인간 본성이라고밖에 표현할 수 없다.

"그런 처지에 있는 저를 어머니께서 초대해 하루를 편안하게 지낼 수 있도록 해주셨습니다. 어제 저는 비로소 느꼈습니다. 가족의 울타리 안에 있다는 것이 이렇게 행복한 거구나 하고 말입니다. 저의 돌아가신 어머니가 생각났습니다."

나는 예성 누님과 유 회장님까지 언급하며 지금 나의 심정이 어떤지 최대한 어필했다.

"어제 저는 분명히 알게 된 사실이 있습니다. 그것은… 저도 두 분이 보여주신 모습을 롤 모델로 해서 꼭 행복한 가정을 꾸리고 싶습니다."

나의 표정과 음성으로 전달할 수 있는 만큼 이곳에 머물러야 할 이유를 칭찬으로 포장했다.

갈 곳이 없는 것은 아니지만 먼저 불러준 곳은 없었다.

분명히 나를 테스트하기 위해 초대했던 윤라희 여사.

예린이가 좋아하는 나의 정체를 궁금해했던 예린이네 가족들.

나처럼 넉살 좋은 사람이 아니었다면 유병철 회장님 포스에 버틸 수 없었을 것이다.

물론 예린이가 어떤 친구인지 알고 있었기 때문에 윤라희 여사의 부름에 응하기도 했다.

어디를 가도 굶어 죽을 팔자는 아닌 나였다.

거지가 된다 해도 다른 거지들보다 최소 열 배 이상의 수익을 창출할 수도 있다.

불굴의 개척정신으로 무장한 채 세상에 홀로 남겨진 강

민이 나다.

"전 그것만으로도 감사하게 생각하고 있습니다. 염치없이 어떻게 회장님 댁의 평온한 일상에 끼어들 수 있겠습니까. 부모님도 용왕님께 일찍 보내드린 박복한 저 같은 사람이……. 그런 복이 있을 리도 없구요."

자식은 부모를 팔아먹고 사는 존재.

살아 계시지는 않지만 나도 부모님을 팔았다.

틀린 말도 아니었다.

모르는 사람들은 바다에서 부모님이 험하게 돌아가셨다고 말했다.

하지만 나는 생각이 좀 달랐으니 분명 용왕님이 두 분을 필요해서 데려갔다고 여겼다.

죽은 자는 말이 없고 나머지는 산 사람의 몫이니 내 스스로 험하게 돌아가신 부모님을 둔 고아로 살고 싶지 않았던 것이다.

"고등학교를 졸업하지는 못했지만 요리사 자격증도 있으니 어디 중국집이나 식당에 들어가 주방 일을 거들면 먹고 사는 데는 지장이 없을 겁니다. 그것도 여의치 않다면 주유소에서 주유원 아르바이트라도 하면 되구요."

예린이네 식구들은 상상도 안 해봤을 소시민의 삶.

살짝 슬프고 처연한 음성으로 나의 미래를 밝혔다.

“아빠, 엄마, 당분간만이라도 지내게 해주세요. 보셨잖아요, 요리 실력도 엄청나요. 가끔 어제처럼 요리도 해달라고 하시고 재미있는 얘기도 나누시고요.”

급하고 애가 타는 사람은 예린이밖에 없었다.

하지만 그건 겉으로 드러난 상황일 뿐.

“그래요. 민이가 집에 머문다면 두 분 적적하지 않으실 거예요. 어제 보니 요리 솜씨도 오성그룹 호텔 주방장 자리를 맡아도 될 정도로 칭찬할 만했어요.”

예성 누님의 지원 사격이 이어졌다.

‘오! 땡큐!’

어제 백사주 남은 것을 채가더니 그 은혜에 보답이라도 하는 듯 힘을 실었다.

물론 예상은 하고 있었다.

“나도 민이 군 일이라면 찬성이네. 나는 진작부터 강 군의 강인한 정신력에 칭찬을 아끼지 않았던 사람일세.”

‘이것으로 됐어!’

화통한 면이 있는 유병철 회장의 확정적 발언.

8부 능선에 이미 오른 기분이었다.

“하지만 중요한 건 이 집안의 안주인인 엄마의 허락이겠지. 난 엄마의 의견을 최우선으로 따르겠다.”

바깥일과 집안일에 관한 엄격하게 구분을 짓는 유 회

장의 발언이 이어졌다.

아무리 그렇기로 한입으로 두말이 가능하다는 것을 노골적으로 드러내다니.

"엄마! 민이 무술 실력이 엄청나. 요즘 내가 걱정스럽다면서~ 내 보디가드로 생각해 줘!"

'엥? 보디가드? 예린이의?'

이건 생각하고 있던 계획에서 오버되고 있는 상황.

갑작스러운 예린이의 보디가드 제안이었다.

'뭔가 이상하다…….'

그리고 가차없이 스치는 한 생각.

분명한 것은 내가 예린이를 이용하고 있었다.

하지만 문득 그 반대일 수도 있겠다는 생각이 들었다.

언제나 나와 함께할 수 있기만을 고대했던 예린이.

3년 전과 별로 달라진 게 없는 예린이의 행동과 심리를 감안할 때 충분히 가능한 시나리오.

그런 그녀의 보디가드 명분이라면 어쩔 도리 없이 예린이 옆에 딱 붙어 다녀야 한다.

"뭐, 나도… 크게 민이 군이 싫거나 하지는 않아요. 성격도 좋고 싹싹한 데다가 당신이나 예성이 말마따나 요리 실력도 수준급인 것을 확인했고. 하지만 밖으로 이런 얘기가 새나가면… 좋지 않은 소문이 돌진 않을까 걱정이에요."

오성그룹 안주인다운 걱정을 하고 있었다.

서로 인간적인 감정만 앞서 실리적인 문제를 파악하지 않고 있었던 것.

아직 혼처가 정해지지 않은 대오성그룹의 막내 공주 예린이를 염두한 윤라희 여사의 발언이었다.

대기업 가문의 자제들은 보통 평범한 미혼 남녀보다 일찍 혼처를 정해 가정을 꾸린다고 했다.

혹시 소문이 와전되기라도 한다면 예린이의 혼처에 문제가 생길 수도 있다는 것은 윤라희 여사의 말이 백번 맞았다.

생각지 못했던 문제다.

3년 전만 같았어도 고등학생 신분이었으니 크게 문제가 되지 않았을 수도 있다.

하지만 지금은 사회적 책임과 의무가 고스란히 한 사람의 몫으로 남게 되는 이십대 성인.

어떤 선택을 한다 해도 장난이 될 수 없다는 것을 다시 한 번 실감하는 순간이다.

"그러니까 보디가드로 채용하면 되잖아요. 집에 있는 다른 경호원들처럼 민이도 그렇게요……."

예린이는 마음을 정한 듯 의견을 굽히지 않았다.

'보디가드라…….'

문제가 그렇다면 예린이 생각도 나쁘지 않았다.

예린이의 보디가드 신분으로 세상 구경을 하는 것은 싫지 않은 현실.

3년 동안 많은 것이 변했을 것이다.

"좋아! 예린이 네가 원한다면 민이 군에게 손님방을 내어 줄게."

"엄마!!"

예린이의 얼굴이 활짝 피었다.

"고마워요!"

'예스!'

마음 같아서는 예린이의 손을 잡고 높이 쳐들고 싶은 심정.

하지만 겸손한 자세로 속으로만 쾌재를 외쳤다.

문제의 요지를 짚은 데 이어 예린이의 의견에 통 크게 허락해 주는 윤라희 여사에게 감사의 마음이 절로 들었다.

"단, 조건이 있어."

"네? 조, 조건요?"

'조건?'

쉽게 승낙해 준 만큼 조건이 따라붙었다.

"그 조건이란 게……."

윤라희 여사의 묘한 분위기에 휘말려 예린이가 잔뜩 긴

장했다.

당사자인 나보다 더 예민하게 조건에 반응하는 예린이의 모습.

"너 말고 민이 군에게!"

"어, 엄마……."

'에? 나에게?'

윤라희 여사의 날카로운 눈빛이 화살처럼 나를 향했다.

"호호, 민이에게 조건을? 우리 엄마 언제나 대단하다니까."

대략 이 상황을 짐작했다는 듯 지켜보던 예성 누님이 즐거운 듯 웃음을 터뜨렸다.

그 옆에서 강현철 부사장 역시 흥미로운 눈빛으로 우리 세 사람을 바라보았다.

"여보~ 거 적당한 걸로 걸어요, 부담되지 않게. 하하하하."

세상에서 거저 누릴 수 있는 혜택은 역시 하나도 없다.

유병철 회장이 윤라희 여사에게 조건을 낮춰달라 청했다.

자신은 있었지만 의외로 많은 나의 지원군들.

"어려운 일은 아니에요. 민이 군, 약속 하나만 해줘."

나의 두 눈을 직시하는 윤라희 여사의 서늘하게 식은 눈동자.

'으으으, 웬만한 사람은 알아서 쫄아 버리겠어.'

이런 모습을 보면 대기업 가문의 안주인은 아무나 하는 게 아니지 싶다.

유병철 회장이 사회에서 잘나갈 수 있는 이유도 가정을 다스려 주는 윤라희 여사의 공이 뒤를 받쳐주기 때문일 것이다.

"네, 말씀하십시오."

"우리 예린이 좋아해?"

"네?"

앞뒤 없는 갑작스러운 질문.

"엄마!"

예린이도 놀라기는 마찬가지였다.

"스무 살이라는 나이는 애도 어른도 아닌 그런 나이야."

엄마 이전에 인생 선배로서 뭔가를 짚고 가고 싶어 하는 윤라희 여사.

"그러나 그 나이에 가슴 뜨거운 사랑을 해보지 않는다면 그건 청춘들만 누릴 수 있는 선물을 풀어보지도 않는 것과 같지."

'사랑……?'

"사실 예린이가 민이 군에게 관심을 가질 때 지나가는 사춘기 여자애들의 감정일 거라고 생각하고 싶었어. 하지만 알고 있었지. 나를 닮은 지독한 구석이 있거든. 그리고 보시다시피 오늘과 같은 일이 벌이지고 말았어."

예린이에 관해 모든 것을 꿰고 있는 듯한 윤라희 여사의 발언. 자신을 닮았다고 서슴지 않고 밝히고 있었다.

나는 윤라희 여사의 말을 묵묵히 들었다.

"다 좋아. 어차피 내 인생이 아닌 예린이 인생이고 내가 대신 살아줄 것은 아니니까……."

얘기인즉슨 배 아파서 낳은 자식이라 해도 부모가 자식이 선택한 길을 대신 책임져 줄 수 없다는 선언이었다.

그러고도 계속해서 윤라희 여사의 말은 이어졌다.

예린이가 선택한 것을 존중하는 것은 독립적인 주체로서 인생을 책임지고 살아가길 원해서라고 했다.

"부모가 돼보면 알게 될 거야. 부모는 눈 감는 순간까지 자식에 대한 걱정을 하게 되는 거니까. 아직은 두 사람 다 어려서 다 이해할 수는 없겠지. 오늘의 결정이 결코 쉬운 결정은 아니라는 말이야."

철저하게 나는 혼자였다.

그러나 윤라희 여사의 말은 내 부모님이 살아계셨다면 이 같은 상황을 쉽게 허락하지 않았을 거라고 했다.

물론 그랬을지도 모를 일이다.

간단하게 생각했던 일들이 미래에 어떤 파장을 일으킬지까지 염두한다는 것은 인생을 살아본 사람들의 노파심일 것이다.

자식은 부모를 저버릴 수 있을지 모르지만 부모는 그게 아니라고 하늘이 정한 천륜에 대해 윤라희 여사는 말했다.

사실 요즘 같은 세상은 하늘이 물구나무를 서는 일이 종종 벌어지고 있기도 하다.

천륜이란 것을 지키는 사람에게는 의미있는 말이지만 그렇지 않은 사람들에게는 무의미한 말들이 돼버린 지 오래.

윤라희 여사는 예린이의 엄마로서뿐만이 아니라 스무 살 청춘들이 지녀야 하는 삶에 대한 자세까지 한참을 얘기했다.

"그래서 걱정이야. 예린이가 학업이나 가족과 친구들과의 관계에 있어서는 조절을 하는 것 같은데 유독 민이 군 일에 있어서는 이성보다 감성에 휘말리거든."

흔들림 없는 눈빛으로 긴 얘기를 하는 윤라희 여사.

그만큼 자신을 닮았다고 확언할 만한 이유가 있을 것이다.

"두 사람 다 지금은 내 얘기가 귀에 들어오지 않을 거야. 젊은 청춘의 혈기는 본래 그런 거니까."

조용하게 집 안에 울리는 윤라희 여사의 음성.

모두 입을 다물고 묵묵하게 들었다.
“나는 예린이를 믿을 수가 없어.”
“엄마!”
“그래서 민이 군에게 조건을 내거는 거야.”
이제야 드러나는 윤 여사의 조건.
“말씀하십시오.”
“어렵다고 하면 어렵고 쉽다고 하면 쉬운 조건이야.”
“엄마…….”
나는 윤라희 여사의 눈빛을 바라보았다.
뭔가 대단한 것 같지는 않지만 결단코 부탁의 빛이 역력하다.
“5년!”
“……?”
“앞으로 스물다섯 살 때까지 예린이를 친구로만 대해주면 고맙겠어.”
“……!!!”
‘엥? 그게 조건이야?’
예상하고 있던 조건들을 비켜가는 윤라희 여사의 말.
분명 어려운 부탁은 아니었다.
예린이 나이 스물다섯이 아니라 서른 살이 되도록 친구로 대할 자신은 있었다.

세상에 나가 하고 싶은 일들이 너무 많았다.

3년 전 고등학교 때보다 예린이 여성스럽게 다가오는 것은 확실했다.

그러나 윤라희 여사의 말대로 이제 스무 살의 나와 예린이.

이 순간에 모든 것을 올인할 정도로 우리 두 사람의 관계가 뜨거운 것은 아니었다.

또한 나는 자유롭게 창공을 날며 살고 싶었다.

양 도사의 새장에 갇혀 나의 20년 인생 중 무려 6년이란 시간을 보냈다.

다시 또 다른 새장 속의 새처럼 살고 싶지 않았다.

“어, 엄마 그건…….”

하지만 예린이의 반응은 나와 달랐다.

화등잔만큼 커지는 예린이의 두 눈.

“와아, 우리 엄마 세게 나가시네~”

“너도 경험한 바잖아. 스물다섯까지 절대 남자에게 시선 뺏기지 않겠다고.”

“호호호, 맞아. 나 수능 끝나는 날이었죠. 방에 들어오셔서 대학교 졸업 때까지 친구는 가능하지만 남자 친구는 안 된다고 하셨던 거.”

예린이에게 처음 내거는 조건이 아니었다.

앞서 예성 누님도 거쳤다는 것.

예린이도 전철을 밟고 있는 것뿐이었다.

"어때? 다른 조건은 걸지 않겠어. 가족들 앞에서 그럴 수 있다는 약속을 해주면 이곳에서 지내도 좋아. 물론 가끔 가족들 위해 요리를 해주고 앞가림도 제대로 못하는 예린이를 봐준다면 보디가드 비용도 지급할 거야."

'오오오! 하늘이시여! 땡큐!'

울상이 돼버린 예린이와 나는 입장이 달랐다.

나는 겸손하게 이 상황을 받아들였고 이미 마음속으로 성호를 그었다.

"어머니 마음 충분히 알겠습니다. 감사한 마음으로 조건에 흔쾌히 응하겠습니다."

"미, 민아……."

'예린아, 받아들여라. 아무리 머리를 써도 우리는 어른들한테는 안 돼~ 아직 햇병아리거든. 움하하하.'

사랑의 도피라도 하고 싶은 심정일 예린이.

그런 예린이와 달리 나는 이 상황이 대만족이었다.

"호호, 고마워. 그럼 있는 동안 편하게 지내다가 가도록 해."

"알겠습니다. 회장님과 어머님, 그리고 예성 누님과 형님, 예린이를 친동생처럼 보살피도록 하겠습니다."

"좋아~ 민이 군, 앞으로 잘 지내도록 해보세."

"감사합니다, 회장님."

나는 자리에서 엉덩이를 떼고 일어나 고개를 숙여 인사를 했다.

"무슨 소리~ 감사는 내가 해야지. 하하하."

유병철 회장님 역시 이 상황이 나만큼이나 좋은 듯 시원하게 웃었다.

나를 바라보는 눈빛이 여전했다.

"민아~ 나는 바라는 거 없어~ 종종 맛있는 요리나 부탁해~"

눈을 찡긋하며 미소를 날려주는 예성 누님.

옆에 강현철 부사장이 있음에도 개의치 않았다.

"네~ 누님. 언제든 말만 하십시오."

"그럼 오늘 가든파티 한번 할까?"

윤라희 여사도 한층 가벼워진 표정으로 한시름 덜은 듯 가든파티를 제안했다.

"좋아요~!"

"가든파티? 하하, 오늘도 일찍 퇴근하라는 말이구려."

"히잉……."

모두 활짝 웃는 표정에 행복해하는 모습인데 예린이만 얼굴을 찡그렸다.

'성공이다!'

나는 내심 귀에 입이 걸리도록 웃고 싶은 것을 참았다.

예린이에게 텔레파시를 보내긴 했지만 기대 이상의 성과를 거둘 거라고 확신할 수 없었다.

대신 분수에 맞지 않는 것은 거절할 의사 또한 있었다.

'쩨쩨하게 3년 전처럼 몇 달짜리 복을 주실 거라면 정중히 사양하겠습니다~'

온 마음을 다해 나는 하늘에 대고 외쳤다.

지난 3년 전 고생 끝에 얻었던 짧은 행복감.

이제는 조건 없이 베풀어지는 선행은 원하지 않았다.

내가 뿌린 만큼 딱 그만큼만 대가로 거두면 만족했다.

괜히 한 것 없이 받은 혜택에는 그만큼의 책임도 크게 따른다는 것을 안 지금.

나도 이제는 어린애가 아니었다.

민증까지 소지한 성인이라는 사실을 하늘에 계신 분들도 알아야 할 것이다.

밑밥에 더 이상은 걸려들지 않을 테니까 말이다.

제2장
쇼핑의 진수
마스터K

부우웅 붕.

끼이이익.

빵빵.

'그렇게 멀지도 않은 길인데… 거참 멀고 멀다.'

차라리 뛰는 게 더 빠르고 편할 정도로 강남도로는 차들이 꼬리에 꼬리를 물었다.

보디가드 신분으로 예린이와 함께하는 등교 시간.

신촌이 아니라 예린이는 강남대로로 차를 몰았다.

"어디 가는 거야?"

보디가드 신분이었지만 누가 상전인지는 알 수 없었다.

2인승 빨간색 스포츠카.

편안하게 의자를 뒤로 쭉 펴 반쯤 누운 자세로 드라이브를 즐겼다.

"엄마가 너 옷 좀 사주래."

"옷?"

"응~"

'참 세심하시네…….'

윤라희 여사는 내가 아는 것보다 더 세심하고 화끈한 면이 많았다.

나를 얼마간 가족 구성원으로 받아들이기로 결정을 하고 나서 배려하는 바가 달라졌다.

누가 뭐라 해도 한집에서 당분간 머물러야 했기 때문에 나를 향한 기운을 부드럽게 돌렸다.

당연한 일인지도 모른다.

공짜로 예린이네 집에 머무는 게 아니었다.

아무리 돈이 많아도 구할 수 없는 명약을 이 집안 남자들에게 선물하지 않았는가.

장담하건대 하늘이 허락한 수명이 다할 때까지 유병철 회장님은 잔병치레 없이 여생을 건강하게 지낼 수 있을 것이다.

아무리 한반도 전역을 다 뒤진다 해도 그만한 명당터는 존재하지 않을 테니까.

그런 명당터에서 숙성한 백사주가 아닌가.

그 약효가 산삼 수십 뿌리를 달여서 액즙으로 내려 마시는 것과 진배없었다.

"그래?"

당연한 것은 당당하게 받아들일 필요도 있었다.

그들이 알 턱은 없겠지만 난 내 양심에 거리낌이 전혀 없었다.

다만 예린이에게는 약간의 갚아야 할 빚이 있었다.

나를 만나기 위한 일념으로 설악산 산중까지 찾아온 용감한 친구.

그녀가 아니었다면 오늘도 나는 설악산에서 비에 젖은 개처럼 헤매고 있었을 것이다.

"다 왔다~"

운전면허증을 취득한 지 얼마 되지 않는다는 예린이.

스포츠카를 거의 승용차 운전하듯 조심스럽게 다루었다.

'오성 백화점!'

대한민국 출신 대기업 대부분은 사업이 잘되면 문어발식 사업 확장을 하는 게 관례처럼 돼 있었다.

사업을 다각화로 확장시켜야 내수를 통해 안정적 수익을

얻을 수 있기 때문이다.

그것을 기반으로 해 해외에 저가 수주가 가능하고 물건을 팔아 외화를 벌어들일 수 있다.

대한민국 산업이 내수 주의가 아닌 수출주도형이기에 아무래도 구조상 필요한 선택일 것이다.

게다가 법에 의해 대주주의 권리가 제한되자 순환출자 구조를 선택함으로 변칙적 상속 및 그룹 경영을 잇는다.

보통 서민들은 그들의 입장을 전혀 알 수가 없다.

그런 기업 생존을 위한 입장을 모르는 바 아니지만 그대로 적당히 해먹어야 할 텐데 심히 걱정이 아닐 수 없었다.

안팎으로 작은 상권들 영역까지 침범해 굳이 대기업이 뛰어들지 않아도 될 곳의 물까지 흐리는 횡포를 부리고 있었다.

가장 문제가 되는 것은 전문 경영 체제가 아닌 가족 경영 중심이라는 것.

그러다 보니 먹고살 기업을 나눠주는 식이 되다 보니 일어난 일들이다.

'언젠가는 큰코다칠 거다.'

여론도 좋지 않았지만 더 큰 문제는 정치권과의 단합이 이루어지지 않을 것이다.

국민들의 표가 생명인 정치권이 점점 눈치 보기를 시작

하면서 대기업들의 사업 방식을 힘들게 할 것이다.
스스로 얻게 된 자업자득.
하지만 기업이 넘어지면 해당 기업만 타격을 받는 것이 아니다.
해당 국가의 국민들에게 피해가 가지 않으면 다행한 일.
끼이이익.
"민아~ 내려."
"오케이."
주차장이 아니라 호텔 1층 로비 현관 앞에 차를 세우는 예린이.
"어서 오십시오!"
타다닥.
예린의 차가 나타나자 전문 파킹맨들이 후다닥 달려왔다.
오성그룹 계열사에 소속돼 있는 이들답게 예린이 누구인지 바로 알아보았다.
"주차 좀 부탁드려요."
"네, 알겠습니다."
검은색의 양복을 말끔하게 차려입은 파킹맨이 고개를 숙였다.
'돈이 좋긴 좋아~'

일반인들이 애용하려면 VIP 회원 자격이거나 적당한 금액을 팁으로 제공해야만 이용할 수 있는 서비스.

돈 천 원도 귀해 아껴 쓰는 서민들은 이용할 수 없는 인력 서비스다.

"민아, 시계도 필요하지 않아?"

"시계?"

"응~ 핸드폰도 좋지만 남자는 시계가 필수야."

"뭐… 사준다면 고맙게 쓸게."

수중에 땡전 한 푼 없는 내 처지였기에 사양할 건덕지도 없었다.

"엄마가 허락하신 일이니까. 예쁜 걸로 사줄게~"

배시시 입가에 고운 미소를 띠는 예린이의 모습이 예뻐 보였다.

스물다섯이 될 때까지 절대 친구 이상의 관계로 진도가 나가서는 안 된다고 약속되었지만 전혀 실망하는 기색이 없었다.

당시 상황에서는 살짝 당황하는 기색도 엿보였지만 지금은 생각을 나름 정리한 듯 쿨하게 나왔다.

스르르륵.

백화점 로비 현관 자동문이 열렸다.

그리고 눈에 들어오는 풍경.

'오올~ 3년 전보다 더 화려해졌는데~'

외관은 거의 변화가 느껴지지 않았지만 내부에 들어서는 순간 눈이 부실 만큼 화려하게 바뀌어 있었다.

검정과 황금 색깔을 적당히 배합한 대리석으로 장식한 천장은 기품 넘치고 심플했다.

그리고 대형 고급 전등을 이용한 빛 반사.

곳곳에 설치된 각 부스에서 각종 향긋한 향수 냄새가 은은하게 흘러나오고 있었다.

전체 부스가 모던하면서도 너무 간결하지 않도록 화려함을 섞어 눈요깃거리를 제공해 주고 있었다.

평일 아침 시간인 만큼 고객으로 보이는 사람들은 그렇게 많지 않았다.

그러나 근무 중인 직원들의 눈빛에는 긴장감이 엿보였다.

깔끔한 복장에 얼굴에 배어 있는 친절한 미소.

모두가 행복한 미소를 입가에 걸고 있었지만 다 사연들을 품고 있을 사람들.

"민아, 가볍게 입고 싶지?"

"물론이지. 노땅들도 아니고 양복은 사절이다."

"호호~ 알았어. 내 안목을 한번 믿어봐."

예린이를 따라 백화점 안으로 들어섰다.

왼쪽 편으로는 수 개의 화장품 판매 부스가 보였다.

그리고 맞은편으로는 쥬얼리나 명품 안경, 고급 시계 부스가 자리했다.

중간 중간에 고급 액세서리들을 판매하는 작은 샵들이 껴 있었다.

"어서 오십시오. 찾으시는 물건 있으세요?"

예린이가 안내해 들어간 곳은 나도 들어본 적이 있는 시계 브랜드 매장이었다.

'파그호이어.'

상당한 고가로 명품 시계 취급을 받는 파그호이어.

그냥 봐도 매장에 진열되어 있는 시계의 가격은 최소 100만 원 이상.

수천만 원짜리는 아니었지만 내 나이 때 남자들이 차기에는 부담이 되는 가격이었다.

"이 제품 한번 보여주세요."

"네, 잠시만 기다리십시오."

지문 하나 찍혀 있지 않은 깨끗한 유리 장.

역시 먼지 한 톨 없을 만큼 투명한 장 속의 시계들을 바라보더니 예린이가 하나를 콕 찍어 말했다.

날이 풀린 만큼 봄날에 어울리는 가벼운 원피스 정장을 차려입은 예린이.

무릎 위에서 살짝 멈춘 길이의 스커트는 요즘 하의실종을 선호하는 젊은 여성들의 스타일과 차이가 있었다.

정숙하면서도 묘하게 섹시한 느낌을 풍기는 작은 꽃무늬 바탕.

이중으로 처리된 하늘색 스커트에 상의에 걸친 하얀색 카디건.

어깨에 걸친 진한 분홍색의 숄더백은 누가 봐도 귀티가 흘렀다.

학생 같지 않은 느낌에 그렇다고 직장인 같지도 않았다.

'돈 많은 백수?'

왕후장상의 씨가 따로 있는 것은 아닐 것이다.

하지만 어릴 때부터 보고 자란 바가 있으니 일반 사람들과는 분명하게 다른 분위기가 흘렀다.

특히 백화점 안을 걷는 이들 중에서 단연 예린이는 돋보였다.

평범한 액세서리를 했음에도 뭔가 특별한 느낌을 주었다.

목에는 앙증맞은 별 모양의 펜던트가 가느다란 골드체인에 매달려 흔들렸다.

팔목에는 분홍색 가죽의 시계를 찼다.

이어링 역시 이십대 초반의 여성들이 즐겨 하는 듯한 평범한 귀걸이다.

보이는 것처럼 옷차림도 액세서리도 보통 사람들이 하는 것처럼 평범했지만 소화하는 능력이 달랐다.

아마 받쳐주는 몸매와 완벽하게 조화를 이루었기 때문이 아닌가 싶다.

처음부터 맞춰서 입은 옷처럼 그래 보였다.

조용하면서도 차분한 분위기.

단정하게 정리한 머리칼은 이제 막 대학에 입학한 신입생다운 풋풋함이 묻어났다.

하지만 차림과 행동 하나하나의 모습은 커리어우먼 저리가라 할 정도로 딱 부러졌다.

"저 가방 구찌사 한정판 숄더백 맞지?"

"어머, 그러네. 악어 통가죽 숄더백이네~"

예린이와 나를 스쳐 지나가는 중년 아줌마 두 명이 진한 향수 냄새를 풍기며 말을 주고받았다.

"맞아 맞아. 어머머머, 나이도 어린 것 같은데 7천만 원이 넘는 가방을 들고 다니는 거야?"

"봤어? 시계도 브레가 제품이야~"

그들의 시선은 예린이에게 꽂혀 떨어지지 않았다.

"나도 봤어. 저 정도면 최소 4천은 줘야 할걸~"

"어디 갑부집 딸내미야? 기죽어서 살겠어?"

"흥! 저렇게 사치를 해대니 나라 꼴이 이렇지~ 재수없어."

두 사람이 서로에게 들릴 정도로 목소리를 낮춰 나누는 대화였지만 나의 청력을 무시할 수 없었다.

'흐헐, 그럼… 가방하고 시계만 해도 도합 1억이 넘는다는 거야?'

나는 다시 한 번 예린이를 훑었다.

모르면 몰랐지, 가격을 듣고 다시 확인하지 않을 수 없었다.

대충 다시 봐도 보통 사람들이 들고 다니는 가죽 가방과 별반 달라 보이지 않았다.

그런데 저게 악어를 통으로 껍데기 벗겨 만든 명품이라는 것.

'있는 집 사람들은 다르군.'

그것도 알아보는 사람들에게나 명품이지 나에게는 별 의미 없는 것들.

예린이에게 굳이 검소하게 살라는 등의 어설픈 훈계는 하고 싶지 않았다.

민주주의 사회라는 것이 각자 자신의 능력대로 살아가는 세상 아닌가.

굳이 내 처지에 남의 것을 부러워할 필요는 없었다.

아무것도 없는 나도 언젠가는 저런 부를 한 번쯤 누리며 살고 싶은 꿈은 있었다.

그리고 그 꿈을 기필코 이루며 살 것이다.

그 꿈이 이루어지지 않는다 해도 상관없다.

노력한 만큼 누리면 됐다.

또 눈높이를 낮추면 그 순간이 바로 행복을 맛볼 수 있는 자리인 것을 설악산에서 제대로 깨달았다.

어차피 모든 사람들이 죽는 순간에는 재 한 줌으로 남을 뿐이다.

든든하게 배가 차 있는 상태라면 천하진미도 입맛을 당기지는 못하는 법.

몰래 피는 바람도 반복되다 보면 질리게 마련.

정화되지 못한 욕망을 좇다가는 그 끝이 파멸일 수밖에 없다.

노력한 만큼 얻어 당당하게 부를 누리리라.

인간 스스로가 욕망을 컨트롤하지 못한다면 그것은 재앙일 뿐이다.

한 세대가 아닌 후대까지 부를 유지하며 산다는 것은 그만큼 자체적으로 조절가능한 장치가 돼 있다는 것.

그야말로 대단하다 할 것이다.

졸부와 달리 돈을 지배할 수 있는 능력을 갖고 있는 갑부들.

세상 모든 것이 다 같을 수 없다는 것은 만고의 진리.

다만 평등할 뿐.

그렇다면 그 기회가 나에게도 임할 수 있다는 말이 된다.

남들 잘나가는 것을 부러워할 시간에 나를 위해 공부하고 투자하는 것이 지금 내가 선택할 수 있는 가장 현명한 방책. 부자에게든 나에게든 주어진 시간만큼은 공평하니까 말이다.

"민아, 이거 어때?"

예린이가 고른 은장 스틸 시계.

검은 테두리가 고광택을 자랑했고 그 안쪽 푸른색 바탕색이 시원해 보였다.

그리고 초침, 분침, 시침 사이로 몇 개의 아날로그적인 여러 기능은 고급스러움을 더했다.

"마음에 든다."

"그렇지? 가격도 적당하고 디자인도 세련된 것 같아."

"호호, 맞아요. 손님께서 보는 눈이 있으시네요. 며칠 전에 들어온 신상품입니다. 파그호이어 수석 디자이너가 만든 작품입니다."

'작품? 550만 원!'

시계에 붙은 가격표가 순간 눈에 들어왔다.

세상에 태어나 여태 내가 소지해 본 모든 물건 중에서 최고의 사치품이었다.

국산 골프클럽보다 비싼 파그호이어 시계.

“한번 해봐.”

찰칵.

예린이의 말에 하얀 면장갑을 착용한 여성이 시계를 정중하게 내밀었다.

시계를 다루는 폼이 거의 보물을 다루는 듯했다.

찰칵.

가볍게 왼쪽 손목에 착 감기는 시계.

“딱 맞아.”

“그럼 이걸로 주세요.”

“어머~ 멋지세요~ 남자 친구 분은 좋겠어요. 여자 친구 분 능력 좋으신데요?”

듣기 좋으라고 하는 상술이겠지만 금세 예린이의 얼굴로 활짝 핀 꽃처럼 함박웃음이 번졌다.

“정말 잘생기셨어요. 배우 지망생이라도 되세요? 제가 올해로 백화점 근무만 10년째인데 이렇게 잘생기신 분은 처음 뵙는 것 같아요.”

외모는 젊은 여성 못지않지만 눈빛으로만 봐서는 사십대 초반 정도는 거뜬히 돼 보이는 여성.

나의 완벽한 몸매와 외모를 찬찬히 훑어보며 감탄을 터뜨렸다.

"잘생겼죠? 호호."

예린이는 여직원의 말에 홍이나 나를 한 번 더 돌아보았다.

"네~ 정말 훤칠하시네요. 그런데 낯이 익은 것도 같고……."

3년 전 전국을 떠들썩하게 뒤집어 놓았던 여중생 구출 사건.

시간이 지나긴 했지만 눈썰미 좋은 사람들은 지금이라도 나를 알아볼 수 있었다.

"카드로 해주세요."

여직원의 말을 끊으며 가방 속에서 지갑을 꺼내 한 장의 카드를 내미는 예린.

"헛! 이, 이 카드는……."

여직원이 카드를 받아들다 화들짝 놀랐다.

그러고 보니 내가 봐도 특이한 카드였다.

다른 어떤 디자인도 없이 그냥 은색의 투명한 카드 한 장.

여직원은 카드 한 번, 예린이 한 번 번갈아 보며 두 눈을 동그랗게 뜬 채 입을 벌리고 아무 말도 못한 채 당황스러워

했다.

"일시불로 해주세요."

"네, 네……. 바로 결제를 도와드리겠습니다."

말까지 더듬거리며 카드를 받아 들고 고개를 숙였다.

"왜? 무슨 일인데 그래?"

"응~ 카드 때문에 그래. 저 카드가 대한민국에 몇 장 없거든."

"왜?"

"우리 가족하고 삼촌, 고모들만 발급받아 소지하고 있는 거거든."

"아~ 그렇구나."

'그런 것도 있구나…….'

이건 부러움의 선을 넘는 얘기.

말인즉슨 오성그룹 산하 오성카드에서 오직 오성그룹의 가족들만을 위해 발급하는 카드라는 것이다.

백화점 직원이 카드를 보고 당황할 수밖에 없는 이유였다.

오성그룹 가문의 주인들만 사용하는 특별한 카드였다.

고로 카드가 바로 명함인 셈이다.

타다닥.

그때 저쪽 코너에서 깔끔한 정장 차림의 세 남자가 우리를 향해 빠르게 다가왔다.

"아가씨 오셨습니까."

"오 상무님."

"오실 때 연락이라도 주시지요."

"친구 선물 사러 온 거예요, 무슨 연락씩이나. 가서 업무들 보세요. 그냥 편하게 쇼핑하고 싶어요."

"네? 알겠습니다. 혹시 불편한 사항이 있으시면 바로 호출해 주십시오."

꾸벅.

일반 회사원들에게 상무라는 직책은 만만한 직위가 아니다.

임직원들 중에서도 말발깨나 먹힐 만한 그런 사람이 부리나케 튀어와 눈도장을 찍고 고개를 숙였다.

그제야 예린의 배경이 가진 힘을 제대로 본 셈이었다.

'나하고는 완전히 차원이 다르네.'

내 앞에서는 항상 천사표 미소를 보이던 예린이.

상무라는 사람 앞에서는 그런 웃음도 띠지 않았다.

사박사박.

오 상무라는 사람과 두 명의 남자가 조심스럽게 물러갔다.

"손님, 금액 확인하시고 사인 부탁드립니다."

한 손을 공손히 모아 사인을 권유하는 여직원.

백화점 내 임직원인 상무의 인사를 눈앞에서 확인한 여직원의 얼굴은 살짝 굳어져 있었다.

하지만 여전히 미소를 띤 얼굴.

"가격이 다르네요?"

"백화점 직원가입니다."

"알겠습니다."

스슥.

대답을 듣고 가볍게 사인하는 예린이.

"신발도 보러 가자. 그리고 미용실에도 들러 머리 좀 다듬자."

"오케이~ 보디가드는 주인님이 하자는 대로 합니다."

"피이, 지금 누가 주인처럼 보이는데~"

순간순간이 모두 즐겁기만 한 예린이다.

사락.

'흐음, 이러면 안 되는데~'

틈만 보았는지 어느새 다가와 팔짱을 끼었다.

스물다섯 살이 될 때까지 친구로만 지내라는 말에도 예린이는 전혀 개의치 않았다.

어차피 윤라희 여사가 말한 조건은 나에게만 해당된 것.

"어서 가자. 나 오후에 수업 있어~"

"그래."

'향기 좋고~'

팔짱을 끼고 나를 이끄는 예린이에게서 풍겨오는 은은한 향기.

시원한 느낌의 향수다.

차 안에서도 줄곧 맡았지만 바짝 옆에 붙자 더 강하게 느껴졌다.

'누가 봐도 괜찮은 외모의 미녀와 함께하는 백화점 쇼핑이라~ 바로 이거야!'

설악산에서 다시 세상에 나가면 기필코 해보고 말겠다 다짐했던 것들.

전부 리스트로 정리하면 1,001가지 정도는 될 것이다.

그중의 하나.

오늘 예린이 덕분에 원없이 즐기게 될 것 같았다.

"안녕히 가십시오."

매장 직원의 공손한 인사.

"수고하세요~"

나도 마주 인사를 했다.

극진한 대우를 받고 있는 사람은 예린이.

나는 예린이 덕에 함께 대우를 받는 것일 뿐 지극히 평범한 소시민일 뿐임을 잘 알고 있다.

설악산에서 탈출한 지 하루 만에 싸가지 없이 주제 파악 못할 내가 아니니다.

'민이와 함께라면 다 괜찮아.'

스쳐 지나가는 사람들이 뱉어내는 한마디 한마디가 예린이의 귓속으로 빨려 들어왔다.

잘난 체하고 싶거나 있는 집 티를 내기 위해 차려입고 다니는 게 아니었다.

물론 고가의 가방을 들고 나온 것도 마찬가지.

대학 입학을 축하해 주며 친척들이 한두 개씩 안겨준 선물들이었다.

오늘 드레스 코드에 맞게 든다는 게 지금 들고 나온 가방일 뿐이다.

액세서리도 그렇다.

다른 사람들의 시선을 의식했다면 이렇게 차려입지도 않았을 것이다.

단지 민이에게 예뻐 보이고 싶은 마음 하나뿐이었다.

엄마의 심부름임과 동시에 민이와의 첫 데이트.

민이의 물건을 사는 데 쓴 금액은 한 달 용돈을 넘는 거금이다.

마음 같아서는 뭔가를 더 안겨주고 싶지만 아직은 학생

신분.

할아버지께서 남겨주신 주식을 보유하고 있지만 그건 손을 댈 수 없었다.

아직 어린 나이이기도 하고 예린이 보유하고 있는 주식들 대부분이 오성그룹의 핵심 계열사 주식인 만큼 경영 방어권에 쓰일 주식들이었다.

부모님의 경제력을 배경으로 부유한 삶을 살고 있긴 하지만 절대 아무 생각 없이 사는 것은 아니었다.

오늘만큼은 예린이도 보통 사람들처럼 한껏 행복했다.

아무리 봐도 정말 멋있는 강민.

'아!'

옆에 함께 걷고 있다는 게 믿어지지 않았다.

언제나 당당하고 활기찬 강민의 모습.

그 모습을 보는 것만으로도 삶의 활력이 느껴지는 그런 사람이다.

옷만 바뀌고 액세서리 몇 가지를 더 했을 뿐인데 환하게 빛이 났다.

예린이의 심장을 뛰게 하는 유일한 사람, 아니 남자.

예린이는 그런 남자의 팔짱을 끼고 걷고 있다.

"호옹~ 원장님! 한번 와요. 내가 요즘 빠아리에서 유행

하는 스따일로다가 드자인해 준다니깐~"

오성 백화점 8층.

끌라르떼 헤어 살롱 원장실에서 묘한 음색의 목소리가 흘러나왔다.

강남의 내로라하는 VIP들이 출입하는 끌라르떼 헤어 살롱.

최근까지 거의 20여 년 동안 대한민국의 미스코리아를 다수 배출한 경력을 자랑하는 곳이다.

현재까지도 여전히 강남 부유층과 잘나가는 스타급 연예인들만 상대하는 끌라르떼 헤어 살롱.

이름 있는 집안 사람들과 연예인들이 수시로 들락거렸지만 모두가 예약제.

20여 명이 넘는 특급 헤어 디자이너들이 독립된 공간에서 고객을 상대했다.

유명세로 먹고살다 보니 기본 커트만 해도 20여만 원.

그럼에도 언제나 문전성시를 이뤘다.

8층 전체의 5분의 1을 점유하고 있는 끌라르떼 헤어 살롱.

원장실만 해도 20여 평에 이를 정도로 넓다.

"뭐야 뭐야~ 그래 놓고 저번처럼 옷값 엄청 받으려고? 나아~ 황 사장한테 한두 번 속아?"

“호호호~ 원장님 왜 이래~ 약해지셨당~ 나의 혼이 듬뿍 배인 역작들을 돈 몇 푼에 비교하는 거야~ 섭하다~”

원장실에서 새어 나오는 대화.

대한민국에서 손가락에 드는 디자이너 베라 황.

루나베스트로의 대표와 끌라르떼 원장인 공나영의 목소리다.

여성스러운 음색과 달리 190에 육박하는 키의 베라 황.

두툼하게 지방층이 올라온 눈과 굵은 선의 코와 입매.

공 원장과 베라 황이 푹신하게 몸이 잠기는 가죽 소파에 몸을 묻고 가벼운 대화를 나누고 있었다.

공 원장.

올해로 사십대 초반이지만 상당한 미모와 실력을 겸비한 헤어 디자이너.

170에 달하는 늘씬한 키에 사십대임에도 불구하고 삼십대 초중반으로 보일 만큼 몸매와 피부를 유지하고 있다.

살짝 길쭉한 얼굴형에 특히 붉은 입술과 큰 눈이 매혹적인 아직 미혼의 여성이다.

어릴 때 영화에 한 번 출연한 적이 있었지만 소속사에 사기를 당하고 그 바닥을 떠났다.

이후 미용 기술을 익혀 꾸준히 노력해 온 결과 현재의 위치에 올랐다.

타고난 미모와 친화력.

그리고 프랑스와 일본과 같은 미용 선진국을 유학해 실력파로서 입지를 굳혔다.

특히 의상 디자이너와 헤어 디자이너는 공생관계.

의외로 좁은 강남 바닥과 명망 있는 집안 사람들.

그들을 서로 연결해 주면서 중간에서 약간의 이득을 취하는 형태다.

"베라 황. 한국 고등학교에는 인물 없어?"

장난 섞인 농담도 잠깐.

진지한 목소리에 말을 낮추며 사무적으로 나가는 공 원장.

"한둘 정도 눈여겨보고 있긴 하지만… 예전만 못해!"

베라 황의 태도 변화도 마찬가지.

묘한 목소리는 사라지고 낮고 듣기 좋은 중저음의 음색이 흘러나왔다.

연배도 비슷하고 어려운 시절을 함께 건너오면서 일찍 친구가 되어 서로 모르는 게 없을 정도의 사이인 두 사람이다.

두 사람 사이의 우정은 거의 아는 사람이 없을 정도.

짐작하지 못할 만큼 두터운 우정을 나누어 온 두 사람이었다.

"간판스타가 필요한데……."

공 원장이 한숨을 내쉬었다.

"좀 신선하고 자연스러우면서도 사람들에게 금방 어필할 만한 물건 없나. 요즘 난다 긴다 하는 애들은 죄다 손을 대서 말야. 어린 것들이 일찍 인기와 돈맛을 봐버려서. 쯧쯧. 무서운 게 없다니까."

딸깍.

화르르르.

공 원장은 데스크 서랍에서 담배 케이스와 지퍼 라이터를 꺼냈다.

그리고 능숙하게 가늘고 긴 담배 한 개비를 꺼내 입에 물고 불을 붙였다.

"알아. 그나마 싹수 있는 것들은 여기저기서 찔러봐서 눈만 높아졌어. 게다가 집안 좋은 애들은 연예인 하겠다고 나서지도 않고 말이야."

오독오독.

테이블에 놓여 있던 수입 캔디를 한 알 입에 넣고 와그작 씹어 먹는 베라 황.

"황!"

공 원장이 깊게 담배 연기를 삼켰다 내뱉고 베라 황을 바라보았다.

"왜?"

"예전에 황이 말하던 그 강민이라는 애 소식은 없는 거야? 내가 봐도 그 녀석 물건 좀 되게 보였는데."

"정말 아쉬워~ 다른 놈들 같았다면 분명 꽉 물었을 거야."

"……."

강민.

지금 생각해도 아쉬운 물건이었다.

한동안 영웅놀이에 몰입하는가 싶더니 한순간 뿅하고 사라져 버렸다.

이후 수집한 정보들만 봐도 진짜 쓸 만한 물건이었다.

베라 황은 아랫입술을 꽉 깨물며 아쉬운 마음을 달랬다.

"없어~ 다른 놈들 같았으면 한 번쯤 연락이 올 만도 한데 말야. 공 원장 말대로 진짜 물건이었는데……."

"정말 한국 고등학교에는 튀는 애들이 없어? 올해는 이대로 지나가지만 내년에는 미스나 슈퍼 중 하나는 만들어야 해. 요즘은 또 인터넷 투표가 당락을 좌우해 버려서 이슈가 돼야 한다고. 돈으로 하던 시대는 지났다니까."

그랬다.

성공을 거둔 이후에도 그 입지를 유지하는 데 명성이 다가 아니었다.

분명하게 성과를 보여줄 수 있는 결과물들이 필요했다.

베라 황과 공 원장에게 있어서는 미스코리아나 슈퍼모델이 가장 확실하게 자신들의 실력을 입증할 수 있는 키였다.

지금이 바로 잠재된 고객과 현재 고객들에게 보여줄 수 있는 그 무엇인가가 절실하게 필요한 순간.

공 원장은 요즘 부쩍 애가 탔다.

얼굴 좀 알려졌거나 스타급 여자 연예인들은 공짜 헤어를 요구하거나 돈을 바랐다.

분명한 진리는 지금 누리고 있는 인기가 한순간일 수도 있다는 사실을 모르는 것.

최고의 자리 앉았다는 것 때문에 그에 버금가는 대우를 받고자 한다.

하지만 자칫 나락으로 떨어지기 시작하면 끝이라는 것을 알 리 없는 그녀들은 건방이 하늘을 찔렀다.

밥맛이 없는 건 분명하지만 그녀들로 인해 따라붙는 고객을 무시할 수는 없었다.

지금은 물을 흐릴까 봐 살롱에서 자체적으로 예약이 다 차 있다는 핑계로 가끔 출입을 제안하고 있지만 그것도 한 시적 방편.

그동안 이 바닥에서 먹고살면서 수없이 목격해 온 반짝 스타들의 말로를 공 원장은 똑똑히 기억하고 있다.

그런 공 원장에게 단기 상품이 아닌 장수를 보장할 만한 대표 상품이 꼭 필요했다.

살롱의 품격과 명성을 함께 업시키고 장시간 그것을 유지시킬 수 있는 대스타가 말이다.

"하나 있긴 있는데……."

"누구?"

베라 황의 말에 공 원장의 눈이 커다랗게 뜨였다.

"장세라라고 상당히 괜찮은 애가 있어. 키도 172 정도 되고 몸매도 아주 훌륭해. 분위기도 고품격이야. 예전에 공 원장이 키웠던 은가인 있잖아. 걔 뻴이 나는 애야."

"정말? 가인이만 한 애라면 상당히 괜찮은 애잖아? 그럼 한 번 데려와 봐."

"힘들어."

"왜? 공부한대? 뭐야 뭐야, 집안이 먹고살 만해?"

공 원장은 오랜만에 듣는 신상품에 대한 기대로 들뜨기 시작했다.

"장기남 사장이라고 알아?"

"이름은 들어본 것 같은데……."

"장세아가 친언니야."

"아! 장세아!"

공 원장도 익히 알고 있는 장세아.

웬만한 사람들은 거의가 다 알고 있을 장세아.

한때 대한민국 최초 여자 체조 선수로 금메달을 목에 걸게 될 것이라고 기대를 모았던 미모의 재원.

불의의 사고로 부상만 입지 않았어도 그녀의 상품 가치는 현재까지도 여전할 만큼 상당했다.

"몇 번 교복 맞출 때 던져봤는데 씨도 안 먹혀."

"황 사장도 이제 한물갔네. 어린애 하나 상대 못하고~"

"그러게 말이야. 이제 이 짓도 얼마 못해먹을 것 같아."

"호호, 돈 많이 벌었잖아."

"그러는 당신은? 당신도 강남에 한복판에 번듯한 건물 올렸잖아."

"우리 그러지 말고 합칠까?"

"뭐야? 공 원장 나에게 지금 청혼하는 거야?"

"피이, 나 남자 안 좋아하는 거 알면서~"

"호호, 그래서 우리가 이렇게 오래도록 친구일 수 있었잖아."

두 사람만이 공유하고 있는 비밀.

서로가 서로의 사생활을 인정하고 비밀을 공유하면서 지켜온 우정이었다.

모르는 사람들은 베라 황과 공 원장의 스캔들을 유도했지만 개의치 않았다.

두 사람 모두 자신들의 사생활을 관리하는 데 있어서는 업계의 프로답게 철저했다.

"농담 아냐. 법인 하나 차릴까?"

"법인?"

"매니지먼트 사업도 본격적으로 해볼까? 손단비 같은 애 하나 발굴하면 돈방석에 앉을 수 있잖아."

"다른 애들이 견제할 수 있으니까 바지 사장 앉혀야겠네?"

"나쁘지 않잖아. 이렇게 애들 수급에 문제가 있다면 본격적으로 흙탕물에 뛰어들어 보는 것도 괜찮잖아."

사업 수완이 남다른 공 원장의 능력을 잘 알고 있는 베라 황.

공 원장이 가볍게 던진 진지한 사업 제안에 생각을 달리 했다.

"한번 해볼까?"

"호호, 그래 까짓것 합치자!"

"좋아. 진지하게 생각해 보자."

이성 친구를 떠나 사업적 파트너로서 최고의 궁합을 갖고 있는 두 사람.

남녀 사이에서 발생할 수 있는 문제가 완전 배제된 관계였기에 주변 사람들이 부러워할 만큼 가까운 친구가 될 수 있었다.

게다가 돈과 사업 목적이 어느 정도 연관된 동지.

다른 사업 파트너들보다 더 끈끈한 플라스틱(?) 우정이 가능했다.

띠릭.

그때 원장실의 인터폰이 울렸다.

입구 쪽 상담실에서 걸려오는 전화였다.

웬만큼 급한 일이 아니면 원장실에서 손님을 접대 중일 때는 인터폰을 하지 않게 돼 있었다.

"아침부터 누구지?"

예약 고객이 살롱에 들어와 있긴 했지만 딱히 신경을 많이 쓰지 않아도 되는 사람이었다.

또 오늘은 이렇다 할 큰 예약이 없는 상황.

공 원장은 의아해하며 인터폰을 들었다.

"무슨 일이야?"

"원장님, 지금 나와보셔야 할 것 같습니다."

"무슨 일인데?"

"VVIP께서 오셨습니다."

"뭐?! VVIP!"

Very가 하나 더 붙는 관리 대상 초특급 고객.

끌라르떼의 VVIP가 되기 위해서는 대한민국 10대 그룹에 들거나 당대 최고 탑 스타, 또 장관급 이상의 명문가에 해당돼야 했다.

"예약에 없었잖아? 누군데?"

분명 오늘 예약자 명단에는 없었던 고객이다.

당황스러우면서도 살짝 짜증이 섞인 공 원장의 목소리 톤이 높아졌다.

제아무리 VVIP 고객이라 해도 예약 없이 찾아와 서비스를 받는 건 예의가 아니었다.

"네, 예약자 명단에는 없습니다만, 그게… 오성그룹……."

"뭐, 뭐라고, 오성그룹?!"

"막내 아가씨입니다."

"뭐?"

덜컹.

공 원장이 자리에서 벌떡 일어나는 바람에 의자가 뒤로 넘어졌다.

"유, 유예린 양이 왔다고!"

그리고 입에서 자연스럽게 흘러나온 이름 하나.

충분히 예약 없이도 찾아올 만한 사람이 찾아왔다.

특히 오성그룹 사람들에게 밉보이면 하루아침에 살롱 문을 닫아야 할 입장의 공 원장.

"알았어, 지금 갈게. 깍듯하게 대기실로 모셔! 차 대접하고!"

발등에 불이라도 떨어진 듯 다급해진 공 원장의 목소리가 떨렸다.

치익.

손가락에 끼고 있던 담배를 재떨이에 눌러 껐다.

"젠장! 어디 갔어~ 어디~ 가그린 어디 갔어~?"

치이익.

서둘러 향수를 머리 허공에 뿌리고 몸을 몇 바퀴 돌리며 눈으로는 입으로는 가그린을 찾았다.

최상의 서비스를 제공해야 할 고객.

눈에 거슬릴 만한 게 있어서는 손해가 막심했다.

일체의 빈틈이나 실수는 용납되지 않았다.

제3장

참 좁은 세상

마스터K

마스터K

'정말 돈이라는 건… 환상이구나!'

이 시대 타고난 신데렐라가 따로 없었다.

이만한 신데렐라를 모시기 위해서는 백마 탄 왕자로는 모자랐다.

적어도 리무진 타고 한 손에는 다이아몬드로 장식한 꽃다발을 들고 나머지 한 손에는 무제한 신용카드가 들려 있어야 할 것이다.

그리고 궁궐 같은 레스토랑에 들러 요리를 대접할 자신이 있는 자가 바로 이 시대의 백마 탄 왕자.

남자로서 예린이 옆에 따라다니며 신데렐라의 본색이 어떤 건지 제대로 알아버렸다.

처음 1층에서 시작한 아이템 획득 과정.

시계를 시작으로 에스컬레이터를 타고 위로 올라오다 돌치 선글라스를 또 얻었다.

그리고 매층 발을 들일 때마다 생각지도 못했던 각종 액세서리를 아이템처럼 선물받았다.

3층에서는 정장에 어울릴 만한 갈색 구두와 스니커즈 신발 두 켤레를.

또 4층에는 고급 남성복 매장이 즐비했다.

어제 고속도로를 달리며 구입했던 휴게소 표 옷들을 죄다 벗어 던지고 이탈리아에서 직수입했다는 원단의 준 수제 명품 옷을 걸쳤다.

재킷을 비롯해 바지 등을 포함 여러 벌의 옷을 챙겼다.

옷값들은 생각보다 저렴했다.

몇 벌을 구입했지만 시계 값에 미치지 않았다.

불과 몇 한두 시간이 흘렀을 뿐인데 나도 모르게 간이 커졌다.

사실 예린이 손에서 점원들의 손에 건네지는 카드의 어떤 위용을 눈으로 확인했다고 해야 할까.

한 장의 카드가 행하는 것들이 정확하게 눈에 들어왔다.

그렇게 한 층 한 층을 훑으며 올라온 오성백화점 8층.

오늘 쇼핑한 물건들은 백화점 정직원이 7층에서 받아 갔다.

바꿔 입은 옷과 착용한 몇 가지 액세서리를 빼고는 모두 배달 서비스를 이용하게 된다고 했다.

'용 됐다, 용~'

설악산 화채봉 자락에서 예린이에게 보였던 야성적 매력은 모두 번지르르한 옷 속으로 감춰졌다.

남성복 매장에서 가장 큰 옷들이 나에게 맞았다.

직원이 모델이나 소화가 가능한 옷들이라며 코디를 해주었다.

나는 이탈리아에도 마 소재의 옷이 있는 줄은 처음 알았다.

따듯한 봄날에 어울리는 소재라고 했다.

직원의 말에 힘입어 예린이까지 거들어 할 수 없이 갖춰 입은 옷.

베이지색 면바지에 짙푸른 마 소재의 남방.

그리고 작은 체크무늬의 연하늘색 시원한 마 소재의 재킷.

수십만 원이 넘는 가죽 벨트에 손가락 두께의 골드체인까지 목에 걸어주었다.

한 가지씩 바뀔 때마다 어색했지만 지금 나의 모습은 내가 봐도 용 된 스타일.

처음 예린이네 집을 나설 때 내가 하고 나왔던 것은 아무것도 없었다.

머리끝부터 발끝까지 오성백화점을 휩쓸며 바꿔 입고 착용한 전혀 다른 것들.

8층까지 올라오는 동안 뭇 여인들의 시선을 받았다.

감탄을 터뜨리며 대놓고 쳐다보던 여성들.

그녀들의 뜨거운 시선을 느끼지 못했다고 하면 거짓말일 것이다.

이런 맛에 또 사람들은 자신을 꾸미고 가꾸는 것이리라.

나 역시 설악산을 탈출해 세상 속으로 다시 들어오고 싶어 갖은 고초를 참고 견뎠던 이유가 이런 것 때문이 아닐는지.

지금은 명확하게 알 수는 없지만 세상의 한 귀퉁이를 내가 경험하고 눈으로 확인하고 있는 것은 분명하리라.

"바쁘니까 오늘은 여기서 손질하자."

'끌라르떼 헤어 살롱이라…….'

끌라르떼.

빛이나 맑음을 의미하는 말이다.

그런 의미를 내포하고 있는 샵답게 입구부터 밝은 조명

과 시원한 은빛 메탈 장식들이 시선을 끌었다.

장식된 벽체에 비치는 나의 머리 스타일.

봉두난발까지는 아니었지만 대충 봐도 강남 스타일은 아니었다.

설악산에서 대충 칼로 삭삭 베어 머리카락을 손질했었기에 엉망이다.

"머리만 하면 끝나는 거야?"

"응~ 이 정도면 대충 됐어."

'그래, 예린이도 여자였지.'

두 시간을 꽉 채우는 쇼핑 시간.

그러나 전혀 피곤한 기색이라고는 찾아볼 수 없는 예린이의 얼굴.

쇼핑에 살고 죽는다는 여인들의 일반적인 모습을 보는 것 같았다.

'휴우, 남자로 태어난 게 얼마나 다행인지 몰라.'

그런 점에서 볼 때 설악산 생활이 나았던 것도 분명 있었다.

신체 자유를 구속당하고 자율적 행동이 거의 불가능했지만 세상일과는 상관없이 마음껏 산을 누볐다.

배고프면 으름이나 산딸기, 산 복숭아 등등을 따먹으며 호젓하게 지냈다.

남들의 시선 때문에 몇 시간씩 쇼핑을 해야 할 필요도 없었다.

스르릉.

끌라르떼 헤어 살롱 앞에 서자 자동문이 시원하게 열렸다.

"어서 오십시오. 저희 끌라르떼를 찾아주셔서… 어머!"

예린이와 내가 들어서자 한 여성이 90도로 고개를 숙이며 인사를 했다.

허리를 펴고 서서 얼굴을 마주한 삼십대 중반의 세련된 외모의 여성은 예린이를 보자마자 화들짝 놀랐다.

가슴에 달고 있는 명찰에 실장 직함이 찍혀 있었다.

"원장님 계시나요?"

"네? 네! 안에 계십니다."

"혹시 시간 되시면 불러주시겠어요?"

"네! 알겠습니다. 먼저 대기실로 안내해 드리겠습니다."

군 장군이라도 만난 듯 바짝 얼어붙은 채 긴장한 살롱 끌라르떼의 실장.

뒤에 서 있던 스태프에게 눈짓을 보냈다.

실장은 예린이를 알고 있는 듯 경외감이 가득한 눈빛이다.

"이, 이쪽으로 오십시오."

실장의 눈짓을 받은 스태프 한 명이 떨리는 목소리로 말했다.

"민아, 들어가자. 차 한잔하자."

"유기농 녹차가 있을까 모르겠네."

설악산에서 즐겨 마셨던 야생 녹차 한잔이 절실했다.

그곳에서는 산에서 채취한 잎으로 만든 최상급의 녹차를 마시며 지냈다.

정도가 다르겠지만 농약이 범벅된 녹차는 사양이다.

자칫 잘못 마시면 내공으로 배출할 수 없는 독기가 서서히 몸에 쌓인다.

특히 잎에 농약이 직접 묻어 있는 녹차는 가려서 마셔야 만수무강에 지장이 없다.

"유기농 녹차 있어요?"

"준비되어 있습니다."

"그럼 두 잔만 부탁해요."

"알겠습니다."

꽤 익숙한 듯한 행동으로 원장을 호출하고 녹차까지 알아서 주문해 두는 예린이.

'뭔 놈의 미용실이 이리 커?'

과거 장씨 아저씨 댁 집 앞에도 제법 잘나가는 헤어샵이 있었다.

그리고 학교 다니는 동안 두어 번 정도 머리카락을 손질했다.

하지만 이곳은 그런 강남 미용실과는 비교도 안 될 만큼 크고 엄청났다.

내부 인테리어만 해도 비교가 불가능할 정도.

벽면을 장식하고 있는 것은 현대적 감각이 물씬 풍기는 그림들.

모던한 느낌의 탁자는 물론이고 여러 문양의 대리석이 바닥과 벽면을 조화롭게 장식하고 있었다.

예린이 뒤를 따라 들어가며 주변을 둘러보았다.

"네, 예약자 명단에는 없습니다만, 그게……."

예민한 귀에 들리는 실장의 긴장한 목소리.

전화기를 들고 누군가와 통화를 했다.

"VVIP 고객이 오셔서……."

속삭이듯 아주 낮은 목소리로 통화하고 있었지만 정확하게는 예린이가 VVIP 고객이라는 소리였다.

'예린이 정도면 긴장할 만하겠지.'

다른 사람도 아니고 오성백화점에 입점해 있는 업체 입장이라면 더욱 눈치를 볼 수밖에 없을 것이다.

그것도 오성그룹의 자제라면 살롱 원장이 아니라 원장 할아버지라도 뛰어나와야 할 판이었다.

'돈과 권력에 목을 매는 이유가 다 있었어.'

타인에게 무시당하지 않고 자신의 모든 의사를 정확하게 전달할 수 있는 가장 원활한 방법.

그것이 바로 돈과 권력이 갖고 있는 힘이었다.

타인이 아닌 자기 자신을 중심으로 살아가는 이들에게 주어진 힘.

나 역시 그 힘을 가질 것이다.

정당하게 내 힘과 능력으로 분명하게 얻을 것이다.

'유예린? 오성그룹 막내딸 아니야?'

공 원장이 인터폰을 받으며 내뱉은 말에 베라 황도 놀라기는 마찬가지였다.

유예린이 한국 고등학교 재학 당시에 베라 황은 그녀와 만날 수 없었다.

당시 한국 고등학교 교복을 전담해서 디자인을 제작했지만 예린이는 샵에 오지 않았다.

집안에 소속돼 있는 전담 디자이너를 통해 따로 주문해 입었던 그녀였다.

그 덕에 베라 황도 아직 유예린을 보지 못했다.

오성그룹의 다른 구성원들과 달리 철저하게 언론에 노출되는 것을 제한하고 있는 인물이다.

소문에 의하면 한국 고등학교도 본인의 실력으로 입학했다고 들었다.

그리고 이번 서울대 경영학과에도 역시 어렵지 않게 입학했을 만큼 수재라고 했다.

상류층에서는 암암리에 그녀를 주목하고 있었다.

오성그룹 유 회장의 장남과 달리 뭔가 빛이 나는 뭔가가 있다는 것이다.

안팎으로 평가되고 있는 그녀에게 있어서는 자연스러운 행보일지도 모른다.

베라 황의 머리가 빠르게 돌아갔다.

미래 권력에 줄을 대고 싶은 인간의 본능이 발동된 것이다.

만약 그녀가 이곳 끌라르떼 단골이 돼준다면 스타가 따로 필요 없었다.

알아서 찾아올 고위층 강남 사모님들과 그들의 자녀들.

공 원장의 당황하는 모습도 놀랄 만한 건 아니다.

"가르르르르르르르."

입안 세정제를 한 모금 머금고 가글을 하는 공 원장.

주르륵.

원장실 한쪽에 있는 간이 세면대에 서서 입을 헹구었다.

"어때, 나 괜찮아?"

사랑하는 연인을 만나러 가는 여인처럼 잔뜩 흥분한 공 나영.

"파인~ 언제 봐도 뷰리플해~"

칭찬을 아끼지 않았다.

"얼굴 보기 힘들다는 그 소공녀께서 어인 행차시지~ 살롱 단골이라도 돼주려는 걸까? 아이~ 어떡해~"

베라 황과 같은 생각을 하는 듯 얼굴을 붉히는 공 원장.

"공 원장~ 나도 같이 가면 안 될까?"

"황도?"

"우리 사업 파트너인데 눈도장 찍어둬서 나쁠 것 없잖아."

"……."

말도 나온 김에 함께 자리를 하고 싶어 베라 황은 자리에서 일어섰다.

"그래, 인사를 해둬서 나쁠 건 없지. 단, 성격 깔끔하다고 하니까 오버하지 마."

"호호호~ 걱정 마~ 나 잘 알잖아~"

사무적인 분위기로 돌아서자 언제 그랬냐는 듯 베라 황의 묘한 음색이 다시 살아났다.

수십 년 동안 주변 모든 지인을 속일 만큼 완벽한 베라 황의 변신을 공 원정도 인정했다.

"그럼 갈까? 바쁘신 소공녀를 기다리게 하면 안 되니까~"

"이거 나도 긴장되는데~ 히잉~"

거구의 몸집과 전혀 어울리지 않는 베라 황의 느끼한 몸짓.

또각또각.

처벅처벅.

두 사람의 발소리가 원장실 밖으로 향했다.

한곳을 향해 가지만 각자 서로 다른 꿈과 희망을 가슴에 품고 말이다.

'정말… 좋네.'

냄새만 맡아도 구수한 유기농 녹차.

나는 차를 한 잔 받아 들고 바깥 전경을 바라보았다.

시원하게 뚫린 강남 8차선 대로 위를 달리는 수많은 차와 사람들의 모습.

상쾌한 자연 경관은 아니지만 그런 대로 봐줄 만했다.

아니, 사람 구경하기에는 이만한 곳이 없어 보였다.

다른 곳과 달리 앞쪽을 막고 있는 대형 건물이 없어 조망권이 좋았다.

"짧게 잘라야겠지?"

"응."

"한번 길러볼 생각 없어? 살짝 파마도 하고 염색도 좀 넣고 말이야."

나만을 향해 있는 예린의 시선.

내 헤어 스타일을 어떻게 하지 못해 안달이 나 있는 표정이다.

"시원한 게 좋아."

"그래, 민이 넌 어떻게 해도 어울리니까~"

'이 아가씨 대책 없네.'

사람이 사람을 좋아하는 데 이유가 꼭 필요한 것은 아니다.

예린이의 상태도 마찬가지.

일방적으로 애정을 보이고 있는 예린이를 응대해 줄 수는 없지만 최대한 예의를 지켰다.

그녀의 순수한 마음을 다치게 하고 싶은 마음은 추호도 없었다.

윤라희 여사가 말한 조건 대로 예린이가 스물다섯 살이 넘으면 나에 대한 애틋함이 사라질 수도 있었다.

자연스러운 인간의 감정.

사람의 감정이라는 것 역시 생로병사의 길을 걷는다고 양 도사는 입버릇처럼 말했었다.

"더 필요한 게 없으십니까?"

차를 내어주고 옆에 서서 대기 중인 여성 스태프.

이 여성 역시 세련미가 넘치는 미모의 여성이다.

분명 살롱 밖에서는 한 도도할 만큼 외모가 출중했지만 예린이 앞에서는 전혀 그런 기색이 엿보이지 않았다.

"가서 일 보셔도 됩니다."

"네, 필요하시면 바로 호출하십시오."

나름 친절한 말투였지만 예린이의 모습은 차갑게 느껴질 정도였다.

이미 오래전부터 몸에 배어 있는 그 무엇.

표현하기에 뭔가 난감했지만 보통 사람들이 쉽게 다가갈 수 없는 그런 기운이었다.

"이제부터 뭐할 거야? 다시 골프 할 거야? 아니면 공부?"

앞으로 내가 어떻게 진로를 잡게 될지가 지금 현재 예린이의 최고 관심사.

차로 이동하는 동안에는 운전에 집중하느라 질문하지 못했고 백화점에 들어와서는 쇼핑하느라 묻지 못한 질문들.

틈만 나면 이것저것을 한꺼번에 물었다.

"먼저 운전 면허증 하나 따려고. 명색이 공주님 보디가드인데 운전을 못한다고 하면 이상하잖아."

"공주? 나 무수리 아니었어?"

"헉~ 무슨 소리야! 그러다 나 직장 잘려~"

"호호, 뭐 정말 잘릴까 봐 걱정은 되고?"

"아니~ 전혀~"

"그럴 줄 알았어. 우리 엄마가 널 잘못 보셨지. 강민이 어떤 사람인 줄 알았다면 그렇게 쉽게 대하시지는 못했을 거야."

나에 관련한 일이라면 윤라희 여사의 몇십 배 정도는 꿰고 있을 예린이가 고개를 절레절레 저었다.

'몸살도 안 나고… 너도 참 대단하다.'

어제 산에서의 일만으로도 보통 여성들이라면 몸살을 앓느라 종일 누워 있었을 것이다.

하지만 멧돼지와 대치 상태에 있었던 사람 같지 않게 컨디션 100프로를 유지하고 있는 예린이.

같은 또래의 여학생들과 확실히 달랐다.

하긴 다른 여성들이었다면 겁도 없이 설악산 입산 금지 구역에 발을 들여놓지도 않았을 것이다.

게다가 멧돼지와 맞닥뜨렸다면 그 사건의 충격으로 며칠은 끙끙 앓아야 정상이고 말이다.

그러나 예린이는 아무 일도 없었던 사람 같아 보였다.

강심장을 소유한 사람들이나 보이는 행동.

나이는 이제 스무 살에 불과했지만 분명 보통 여성들과는 달랐다.

"여기서 잠시 기다리십시오."

"호호, 그래요~ 우리 따뜻한 원두커피 한 잔 주세요."

"언니, 여기가 돈은 비싸도 실력 하나는 좋다니까."

"어머머, 넌 어떻게 이곳에 올 생각했니?"

"우리 그이가 이번에 오성식품 상무로 승진했잖아. 그러면서 가입 조건이 맞은 거야~"

"축하해~! 니 덕분에 끌라르떼를 다 와보는구나."

'어디서 듣던 목소리인데.'

입구 쪽에서 들려오는 호들갑스러운 두 중년 여성의 목소리.

스윽.

손님 대기실에 모습을 드러냈다.

"어머!"

'저분들이군.'

향수 냄새 진하게 풍기며 목에는 진주 목걸이와 두툼한 금목걸이를 치렁치렁 감고 나타난 두 명의 중년 여성.

제법 눈에 띄는 명품들로 감고 말고 했지만 뭔가 어울리지 않았다.

예린이처럼 물건들을 지배하지 못하고 액세서리들이 두 여성을 가지고 노는 것처럼 보였다.

"쟤 정체가 뭐야?"

"내가 어떻게 아니? 무당도 아니고. 몰라~ 얼굴 본 적 없어~ 뭐 하루아침에 졸부가 한 명 늘었는지도 모르지. 호호호호."

"정말… 밥맛이다."

거의 들리지 않을 정도로 소곤거리는 두 사람.

내 귀에 이 정도라면 예린이 귀에도 들릴 게 분명했다.

사락.

역시나 예린이의 인상이 살짝 찌푸려졌다.

"끌라르떼도 맛이 갔네. 다음에는 청담동에 에스띠에로 가야겠어. 물이 이렇게 한순간에 가도 되는 거야?"

"그러게 말야. 개나 소나 다 다니는 곳이면 안 되지. 돈 많다고 아무나 다니면 격조가 떨어지는 것 아니겠어?"

'웃기는 양반들이네.'

급기야 예린이는 하루아침에 벼락부자가 된 졸부집 딸내미가 돼버렸다.

여자들의 질투심이 부르는 상상초월 현실 비인정 거부 증상.

나이를 먹어도 여자는 여자라더니 양 도사 말 틀린 게 없었다.

"민아, 점심 뭐 먹을까?"

"태평루 아직 있어?"

"태평루? 아직 있어. 네가 뒤집은 이후로 아주 번성하고 있어. 요즘 잘나가는 북경루에는 미치지 못하지만 강남 맛집 중 한 곳이야."

살짝 인상을 쓰는 것 외에 예린이는 크게 신경을 쓰지 않는 듯했다.

한두 번 이런 일을 당한 게 아니라는 말씀.

"옆에 있는 애 머리 꼬라지 좀 봐?"

"어린 것들이 벌써부터 저렇게 세상 무서운 줄 몰라서야 원."

"호호, 반들반들하게는 생겼네~ 기지배가 돈 많은 거 알고 붙었나 봐!"

"모르지~ 뭐 이런저런 데서 건져왔는지도 모르고. 호호호."

들으라는 듯이 두 사람이 마주보며 입을 함부로 놀렸다.

다른 곳으로 당장 갈 것 같더니 전혀 미동도 하지 않았다.

노골적으로 예린이와 나를 힐끔거리며 본격적으로 뒷담화를 하기 시작했다.

"그건 그렇고 자기 남편 정말 운이 좋았네~ 부장된 지 얼마나 됐다고 벌써 상무야~ 제대로 오성식품 임원이 된 거 아냐~ 우리 그이는 뭐하는지 몰라~"

"능력도 중요하지만 내조를 잘해야 하는 거야. 이번에 전에 사두었던 평택 땅 좀 팔았어~"

"돈 썼어?"

"부사장이라는 작자가 돈 좀 밝히더라고. 큰 거 세 장 넘겼어."

"어머~ 그랬구나. 나도 그럼 써야 하나?"

"임원 부인들 잘 쫓아다녀. 이런 데도 좀 다니고 그래야 연줄과 정보가 생겨."

"알았어. 돈 좀 들더라도 이번에는 남편 승진 좀 시켜야겠다."

"자기니까 하는 말이지만 임원이 되면 뒤로 제법 돈이 들어와. 하청업체 쪽에서 들어오는 떡값만 해도 상당하더라고."

"어머머, 정말?"

"1년 정도면 투자비 건지고도 남아. 그러니까 잘해."

"알았어. 오늘 여기 비용은 내가 댈 테니까 많이 좀 가르쳐 줘."

"밥도 살 거지?"

"어머머머 물론이지. 상무 사모님의 분부신데 받들어야지. 호호호."

친구 사이로 보이는 사십대 중반의 두 여성.

아주 꼴값을 제대로 하고 있었다.

돈으로 남편 출세시킨 걸 두고 뭐라고 하고 싶은 마음은 없었다.

자기들만의 생존방식일 테니까 말이다.

하지만 저렇게 대놓고 자랑할 만한 것도 아니지 않겠는가.

파밧.

여태 아무 말 없이 듣고 있던 예린의 눈동자가 날카롭게 변했다.

다른 것도 아니고 오성그룹 산하에서 벌어진 뇌물 사건으로 보는 것이다.

"민아, 나 전화 한 통 할게."

"그래."

스윽.

무슨 생각을 하는지 가방에서 휴대폰을 꺼내 드는 예린이.

티디딕.

전화번호 창에서 번호 하나를 선택하더니 통화 버튼을 눌렀다.

"염 비서님 계세요?"

'쯧쯧, 저 아줌마 큰났다.'

가차없이 행동으로 옮기는 예린이의 성격을 이미 알고 있는 나.

아무리 예린이가 천사표라지만 면전에서 모욕한 것만 해도 용서받을 수 없었다.

그런데 이건 몇 단계 더 높은 수위의 사건으로 접수했을 예린이.

더욱이 회사 일과 관련되어 있어 명분도 차고 넘쳤다.

"예린이라고 하세요."

자신의 이름을 당당히 밝히는 예린.

"예린? 어쩜 이름까지도 저렇게 촌스럽니. 그치?"

"좌우지간 벼락부자들은 어딜 가나 티가 난다니까……."

상황 파악이 전혀 안 되고 있는 두 아주머니.

아예 예린이를 벼락부자 졸부 딸내미로 낙인을 찍어놓고 이제는 들어도 상관없다는 듯 지껄였다.

"염 비서님, 저 예린이에요."

"아가씨? 무슨 일 있으십니까?"

예린이의 통화 내용이 들렸다.

아주머니들은 못 듣겠지만 똑똑히 들려오는 전화 내용.

"오성식품 쪽에 최근 상무로 승진한 분이 있나요?"

"있습니다. 올 신년 인사 때 상무로 진급한 양대식 부장입니다."

"양대식 부장요."

"……!!"

"어, 어머, 우리 그이 이름이……."

예린이 입에서 양대식이란 말이 흘러나오자 그제야 수다를 떨던 두 아주머니가 깜짝 놀랐다.

"제가 접한 정보에 의하면 오성식품 부사장님께 뇌물을 주고 부당 승진을 한 것 같은데요. 그룹 감찰반을 통해 철저히 진상 조사한 후 적절히 처리하도록 해주세요."

"뇌물수수요? 알겠습니다. 바로 감찰팀을 파견하겠습니다."

순식간에 접수된 뇌물 사건.

아직은 예린이가 그룹 일에 있어서 아무 권한이 없지만 오성그룹의 가족 구성원이라는 자리는 그 누구도 무시하지 못했다.

게다가 기업에 누를 끼치는 행위를 목격했다면 당연히 예린이가 나서는 게 옳았다.

"그럼 수고하시고 처리되면 저에게도 경과를 알려주세요."

"그렇게 하겠습니다. 감사합니다, 아가씨."

띠릭.

짧지만 엄청난 파장을 일으킨 전화 한 통.

수다가 멈추자 예린이의 전화 내용이 낮게 대기실에 울렸다.

"아, 아가씨… 누, 누구세요……?"

이제야 상황을 짐작한 듯 예린이의 정체를 물어오는 덩치 좋은 체격의 아주머니.

이번에 상무 사모님이 됐다고 자랑깨나 하던 양반이었다.

딸깍.

"어머~ 오성그룹의 막내 아가씨께서 이 누추한 살롱까지 나오시고. 오늘 무슨 일이랍니까~ 제가 몸 둘 바를 모르겠습니다~"

그때 마침 대기실로 들어오는 여성.

"헉! 오, 오성그룹 마, 막내 아……."

털썩.

예린이의 정체를 알고 바닥에 주저앉아 버리는 상무 사모님.

'쯧쯧, 내조 한번 제대로 했네.'

사람은 본래 인생에 있어 가장 잘나갈 때 고개를 숙여야 한다고 했다.

양 도사의 말인즉슨 벼가 익어서 고개를 숙이니 모가지가 댕강 잘려 탈곡기에 처박히는 신세이지만 사람은 고개를 처들 때 그리 된다 했다.

또한 부자가 되면 일단 티를 내지 말아야 하는 법.

그 기본적인 이치도 알지 못하고 동네방네 자랑질 하다가 졸지에 남편의 직장까지 박탈당하는 꼴이 되어버린 아주머니.

한자리에서 본인이 뿌린 업의 이자를 제대로 쳐서 받고 있었다.

적당히 입을 나불대고 멈췄어야 했다.

그랬다면 사건이 이 정도로 커지지 않았을 것이다.

남편 상무 승진시킨 것 자랑하고 잘난 척하다가 크게 한 방 먹은 셈이다.

"호호호호, 제가 오늘은 일진이 좋은가 봅니다. 이곳에서 뵙기 힘든 오성그룹 막내 아가씨를 친견하는 영광을 얻다니 말이에요. 저는 저~ 기 사거리에서 누추한 디자이너 샵을 운영하고 있는 베라… 어머!!"

'엥?'

살롱 주인으로 보이는 관리 잘한 여성 뒤에서 갑자기 나타난 거대한 덩치의 한 남자.

관 뚜껑 닫고 누워서도 들릴 것 같은 특이한 음색으로 웃음을 흘리다 나와 눈이 마주치자 깜짝 놀랐다.

"가, 강민!"

정확하게 나의 이름을 부르는 남자.

아니, 여자(?)도 아니고 남자도 아닌 한 사람.

'세상 참 좁다니까.'

베라 황이었다.

몇 년 전 나에게 특별한 관심을 보였던 루나베스트로의 주인장.

굵직한 이목구비에 커다란 눈을 황소처럼 뜨고 나를 멍하니 바라보았다.

감사하게도 긴 시간이 흘렀는데 나를 잊지 않고 기억하고 있었다.

제4장

예린이의 치명적 매력

'왜 강민! 여기, 그것도 오성그룹 막내딸과 함께 있는 거야?'

알 만한 사람들 사이에서 이미 차기 재계 유망주로 이름이 오르내리고 있는 유예린.

그녀에게 눈도장이라도 찍을까 하고 공 원장을 따라 들어온 대기실.

베라 황은 적잖이 놀라고 있었다.

몇 년 전 조직폭력배와 간첩 사건이 터지고 난 뒤 홀연히 사라졌던 강민의 출현이 혼란스러웠다.

머릿속이 복잡해지고 터질 듯했다.

국내 언론에 노출이 안 될 정도로 철저하게 보호를 받고 있던 오성그룹의 막내딸 유예린.

그녀의 얼굴을 본 사람이 거의 없을 정도로 신분이 철저히 비밀에 싸여 있었다.

한마디로 이 바닥에서는 신비스러운 존재였다.

'아! 동창!'

순간 머릿속을 스치고 지나가는 영상.

강민과 유예린이 같은 시절 한국 고등학교를 다녔던 것이 떠올랐다.

'하지만 강민이 학교를 다녔던 시간은 꽤 짧았는데…….'

"아이고, 아가씨! 살려주세요! 제발 한 번만 용서해 주세요!"

'뭐야?'

대기실 한쪽에 앉아 있던 중년 여성 두 명.

그중 한 명이 바닥에 털썩 주저앉아 있다가 유예린을 향해 고개를 숙이며 눈물을 뚝뚝 흘렸다.

"방금 전 이 공간에서 있었던 일을 없었던 일로 해달라는 건가요? 사모님께서는 오성그룹의 명예에 엄청난 타격을 입혔습니다. 한낱 뇌물 따위로 오성그룹 임원 인사가 이뤄

진다는 말을 직접 뱉으셨잖아요? 제가 들은 말이 잘못된 건가요?"

판관 포청천 저리 가라 할 만큼 서릿발이 느껴지는 음성이 유예린의 입에서 흘러나왔다.

정확한 상황은 모르지만 오성그룹의 명예에 먹칠을 했다는 말 같았다.

"이 멍청한 년이 아무것도 모르고… 흑흑, 용서해 주세요. 우리 애 아빠는 회사밖에 모릅니다. 제가 다 뒤에서 꾸민 일이에요. 흑흑흑……."

수도꼭지를 틀어놓은 듯 눈물을 펑펑 쏟는 여인.

큰 잘못을 하긴 한 듯했다.

"공 원장님, 죄송합니다."

"아, 아니에요."

공 원장에게 고개 숙이며 사과를 하는 유예린.

유예린의 행동에 차라리 공 원장이 당황하고 있었다.

"희, 희미 엄마 일어나요."

바닥에 주저앉아 통곡을 하는 여성을 일으키는 다른 중년 부인.

"서, 선처를 부탁합니다. 제발……."

얼이 나간 상태에서 눈만 껌벅이며 유예린에게 선처를 구하고 있었다.

"떳떳하다면 아무 문제가 없겠죠."

차갑게 굳은 표정은 전혀 동요가 엿보이지 않았다.

'보통이 아니군.'

아무리 돈이 많은 재벌기업이라 해도 자식 농사까지 잘 짓는 것은 아니었다.

특히 자신의 실력으로 당당하게 서울대 경영학과에 들어갈 정도의 재목을 쉽게 만날 수도 없었다.

그런 점에서 대단한 평가를 받고 있는 유예린.

베라 황은 내심 감탄을 하며 흔들림 없는 그녀의 모습을 바라보았다.

"두 분께서는 다음에 다시 예약하시고 방문해 주시는 걸로 하시지요. 윤 실장~ 손님들 배웅해 드려요~"

눈치 빠른 공 원장이 뒤에 서 있던 윤 실장에게 두 여성을 인계했다.

유예린이 언짢아할 만한 상황이 연출되었음을 알아챈 것이다.

"네, 원장님."

윤 실장이 앞으로 나왔다.

"오늘 예약이 취소된 것 같습니다. 밖으로 안내해 드리겠습니다."

고객에 대한 예의를 갖춰 공 원장의 지시에 따르는 윤

실장.

"제발… 제발……."

친구로 보이는 동행한 여성이 바닥에 주저앉은 여성을 일으켜 끌고 나갔다.

"죄, 죄송합니다. 죄송합니다."

얼마나 대단한 실수를 했는지 모르지만 연신 유예린을 향해 고개를 숙이며 물러가는 두 사람.

"따로 자리를 만들지 못해 죄송합니다, 아가씨."

입장이 난처한 것은 공 원장도 마찬가지.

직접적으로 자신이 원인은 아니지만 공 원장의 살롱에서 벌어진 사건인 만큼 면이 살지 않았다.

"아니에요. 살롱 문제가 아니라 회사 일이니 굳이 그러실 필요 없으세요."

그새 유예린의 음색과 톤이 바뀌었다.

'생각하고 받아들이는 게 확실히 남다르군.'

많게는 하루에도 수많은 사람을 상대하는 베라 황.

단박에 유예린의 사고력과 판단력 그리고 객관적인 안목을 알아챘다.

이 정도 사건이라면 감정이 격해지게 마련이다.

그리고 심장 박동수가 증가하고 거칠어진 말투와 행동이 뒤따르게 된다.

하지만 아무 일 없었다는 듯 전혀 내색하지 않고 있는 유예린.

오성그룹의 총수 자녀다웠다.

"민아, 인사해. 여기 살롱의 원장님이셔."

"강민이라고 합니다."

"공나영입니다."

"제 남자 친구예요. 신경 좀 써주세요."

"네? 아, 알겠습니다. 최선을 다하겠습니다."

'나, 남자 친구!'

베라 황은 유예린이 뱉은 말에 다시 한 번 충격을 받았다.

이 바닥 룰을 깨는 유예린의 행동.

탑 스타나 대그룹 총수의 자제들은 거의가 대놓고 연인 관계를 밝히지 않았다.

언제 어떻게 어떤 가문의 기업과 혼처가 정해질지 모르기 때문에 자신들만의 방식으로 비밀 연애를 즐겼다.

하지만 전혀 개의치 않는 듯한 유예린.

철이 없는 건지 뭔가 비밀이 숨겨져 있는 건지 모르지만 강민을 당당하게 남자 친구라고 밝혔다.

아무리 탄탄한 재정력을 자랑하는 오성그룹이라고는 하지만 이렇듯 대담하게 공식적 연애를 즐긴다면 나중에 다른 혼처를 정하기는 힘들 것이다.

대한민국의 인심은 그렇게 호락호락하지 않다는 것을 베라 황은 너무 잘 알고 있었다.

그리고 생각보다 좁은 바닥이 바로 이들이 살고 있는 상류층 인사의 세상이다.

"오랜만입니다, 베라 황 아저씨~"

"호호~ 오랜만이에요, 강민 씨. 3년 전보다 더 멋있어진 거 같아요~"

강민의 아는 체에 얼굴 가득 화색이 돌며 베라 황은 특유의 비음 섞인 음색을 여과 없이 흘렸다.

"아는 분이야?"

"우리 학교 교복을 담당하셨던 디자이너 아저씨야."

"그래?"

"나한테 연예인 하라고 명함도 주셨다."

"피이, 나도 그런 명함 받은 적 있어."

"못 믿겠는데?"

"있어! 얼마 전에 친구들하고 명동 갔는데 누가 줬단 말이야."

"그 양반 회사 말아먹고 싶은 거야? 싱싱한 영계들 놔두고……."

"뭐야! 민이 너!"

'엄청 친하다. 그리고… 예린 양이 좋아한다.'

감정의 추가 강민 쪽으로 확실히 더 기울어져 있음을 확인한 베라 황.

물론 강민이 대단한 매력을 풍기는 매력남인 줄은 알고 있었다.

하지만 그건 어디까지나 일반인들이 보는 시선을 기준으로 삼았을 때였다.

유예린 정도라면 대한민국 남자를 전부 모아놓고 그중에서 고를 수도 있는 입장이다.

베라 황도 대략 알고 있는 강민의 환경.

결코 오성그룹 총수의 막내딸이 좋아할 만한 배경을 갖고 있지 않았다.

'뭔가 냄새가 나는데…….'

베라 황은 유예린과 강민의 티격태격하는 모습을 가만히 지켜보았다.

'뭐지, 이 분위기……?'

여자는 괜히 나이를 먹는 게 아니었다.

공 원장의 눈빛이 냉정하게 상황 파악에 들어갔다.

공나영은 본능적으로 유예린이 강민에게 일방적으로 마음을 주고 있다는 것을 알았다.

명망 있는 집안이나 뭔가 갖춰져 있는 가문에서는 자제들의 자율적 연애를 용납하지 않는 경우가 잦다.

자칫 이 바닥에 소문이 나도 대충 이런저런 얘기들로 꾸며 무마할 수 있을 정도 수준의 연애를 허락했다.

물론 당사자들도 그런 여러 정황을 모두 감안하고 스캔들을 일으켰다.

하지만 지금 눈앞에 있는 유예린은 전혀 거리낌이 없어 보인다.

더욱이 짧은 대화만으로도 짐작이 가능할 정도로 남자가 감정적 우위에 있다.

'그 강민이라는 거지? 베라 황이 아쉬워서 어쩔 줄 몰라 하던 대스타감…….'

상품 가치를 평가하기 위한 전문가적 안목으로 강민을 천천히 훑어보는 공나영.

'베라 황의 말이 빈말이 아니었어. 그리고…….'

거의 완벽한 상품에 가까웠다.

물론 좀 다듬어야 할 구석이 몇 군데 눈에 띄긴 했지만 그건 시간이 해결해 줄 것이다.

키도 큰 데다 몸의 라인까지 퍼펙트했다.

외모는 또 어떤가.

남자답고 성격도 강해 보였다. 그리고 묘하게 사람의 시선을 끌어당기는 힘이 느껴졌다.

'진짜 스타감이야…….'

공나영이 봐도 마찬가지.

베라 황이 말했던 것처럼 강민의 앞으로 펼쳐질 미래가 찬란하게 빛날 게 예상되었다.

공 원장의 심장이 쿵쿵 대책없이 뛰었다.

오성그룹의 막내딸을 꼼짝 못할 정도로 뒤흔들고 있는 남자.

그를 바라보는 공 원장에 눈에는 황금알을 낳는 거위가 앉아 있는 것으로 비쳤다.

"제 머리카락이 좀 거친 편입니다. 시원하면서 깔끔하게 다듬어주세요."

강민의 태도에 약간 당황한 공 원장.

끌라르떼가 공 원장이 운영하는 살롱이긴 하지만 웬만큼 배포가 있지 않고는 막상 기죽기 딱 좋은 분위기의 샵이다.

하지만 초면임에도 전혀 기죽지 않는 강민의 당당한 음성.

"원장님~ 제 남자 친구 광 좀 내주세요. 멋있게 나오면 다음에 또 끌라르떼로 올게요."

'……!!'

내심 공 원장은 쾌재를 불렀다.

사실 가장 원하는 바이기도 했다.

유예린이 이렇게 나온다면 오늘이 바로 유예린을 단골로 정착시킬 수 있는 좋은 기회.

그렇게만 된다면 강민도 함께 엮어볼 수 있다.

"호호호, 아가씨 걱정하지 마세요. 지금껏 갈고닦은 실력을 한껏 발휘해 볼게요. 아마 살짝만 만져도 완벽 훈남으로 변하실 것 같군요."

공 원장은 이미 강민에게 어울리는 헤어 스타일을 뽑았다.

외모가 받쳐주는 사람들은 살짝만 헤어 스타일을 바꿔도 인물이 확 사는 법.

굳이 많이 손댈 필요가 없다.

"네~ 기대할게요."

'기회야!'

두 번은 찾아오지 않을 기회가 오늘 공 원장 손에 잡혔다.

공 원장은 원장실에서 베라 황과 나눴던 사업 얘기를 떠올렸다.

그리고 소리 없이 두 주먹을 움켜쥐었다.

공 원장은 얼굴을 살짝 돌려 베라 황에게 눈짓을 보냈다.

다음에 한번 다시 보자는 의미다.

"호호호, 그럼 저는 이만 바빠서 먼저 가겠어요~ 민이 군~ 시간 내서 꼭 한번 놀러와야 해~ 다시 만난 것을 기념해 쫘아~ 악 한 벌 뽑아줄 테니까 말이야~ 호호호호."

강민을 먼저 찍은 건 베라 황이었지만 지금은 공 원장도 함께 눈독을 들였다.

베라 황은 다음 기회를 노리고 뒤로 물러났다.

"하하, 알겠습니다. 한번 놀러가겠습니다."

"호호~ 그래~ 꼭 약속 지켜줘~"

역시 베라 황도 원하는 답을 얻었다.

"그럼 예린 양 다음에 봬요~"

"네."

쿨하고 짧게 대답하는 예린이.

오성그룹 막내딸에게 눈도장을 확실하게 찍은 베라 황은 마음이 가벼웠다.

"원장님 수고~"

어떻게 저런 거구의 몸에서 미색이 가득한 음성이 흘러나오는지 상상하기 어려웠다.

본래 목소리를 철저하게 감추고 묘한 음색으로 인사를 하고 돌아서는 베라 황.

"네~ 살펴가세요~"

공 원장 역시 보통 고객을 대하듯 그를 보냈다.

어차피 이 바닥에서 알려져 봐야 득 볼 게 하나도 없는 동업 관계.

드러내지 않고 감추었을 때 더욱 빛을 발하는 두 사람의 관계였다.

'진리는 나의 빛이라…….'

부우웅.

예린이 보디가드 신분이다 보니 학교 출입까지 해야 했다.

약간의 사건이 중간에 있었지만 무사히 헤어까지 정리하고 학교로 향했다.

오성백화점에서 점심까지 해결하려 했다.

하지만 남편 자랑하다 감사를 받게 된 아주머니가 아직 기다리고 있는 모습이 눈에 띄었다.

할 수 없이 엘리베이터로 주차장까지 직행.

대단한 사람들처럼 잘난 척을 해대며 입방아를 찧었던 두 사람의 모습.

그들에 대한 측은함이나 동정심은 생기지 않았다.

그녀들 역시 한 가정에서 누군가의 엄마이고 아내임은 분명하지만 그런 역할에 가까워 보이지 않았다.

사회적 성공만을 좇느라 대놓고 질투심을 표출하고 사람

을 무시하는 행태.

본인들은 깨끗하게 사는 척하지만 뒤로는 구린내 나는 일들을 아무렇지도 않게 하는 부류의 사람들.

신랄하게 확인해 버린 오늘의 사건.

겉모습이 모든 것의 중심이 돼 있는 진짜 졸부 근성의 사람들.

잠깐 동안 확인한 모습이었지만 정말 없는 사람들은 사람 취급도 하지 않을 아줌마들이었다.

나이는 거저먹는 게 아니라고 했다.

나이도 먹을 만큼 먹은 사람들이 할 소리는 아니었다.

옛말에 젊은 사람 괄시는 하지 마라 하는 말이 있다.

'돈 보고 붙었다고?'

사람은 본래 생겨 먹은 대로 타인을 보게 된다고 했다.

양 도사는 이 말로 나의 모든 것을 좌지우지했지만 틀린 말은 아니라고 생각했다.

내가 양 도사에 대해 고까워하고 분노하게 되면 이 말을 중얼거리며 내 주위를 살짝 어슬렁거렸다.

그렇게 되면 나는 할 말이 없었고 양 도사는 그 순간 꽤나 괜찮은 스승처럼 나를 바라보았다.

예린이 성질에 이 정도 수준에서 일을 마무리한 것도 다행이다.

증인도 있고 소송이라도 걸었다면 직장을 잃는 것으로 끝나지 않았을 것이다.

애초 신분이 확인된 사람들만이 출입하는 장소인 만큼 상황을 감안했어야 했지만 혼자 잘났다고 기고만장하다 당한 케이스.

예린이의 멋진 스포츠카를 타고 막 도착한 서울대학교 관악캠퍼스.

서울대학교의 상징 조형물 옆에 새겨진 정장이 눈에 들어왔다.

'VERITAS LUX MEA.'

라틴어다.

진리는 나의 빛이다라는 말.

스르르륵.

정문을 지나치자 일반인의 출입을 제한하는 자동 차단기가 앞을 막았다.

그러나 아니나 다를까, 예린의 차가 앞에 멈추자 자동으로 차단기가 열렸다.

차량 내창에 붙어 있는 작은 센서등.

아마도 자동인식장치 같았다.

"정말 학교 식당 밥 먹고 싶어?"

"맛있다고 했잖아!"

"응~ 먹을 만해."

예린이도 먹는다는 학교 식당 밥.

내가 못 먹을 이유가 없었다.

머리부터 발끝까지 완벽하게 다시 세팅된 나.

제대로 훈남 티가 팍팍 나는 상태였기에 기분도 새로웠다.

"맛있는 곳으로~"

"그럼 제3식당으로 가자."

"식당이 몇 개나 있는데?"

"꽤 돼. 공대 간이식당부터 교수회관, 생활관, 자하연식당부터 제4식당까지. 학부생과 대학원생만 해도 27,000명 정도니까."

'헐, 그렇게나 많아?'

관악산 품에 자리 잡은 거대한 학교 건물들.

정문을 지나면서 눈에 들어오는 구관과 신관 건축물들은 대한민국 최고 학부의 권위를 상징하는 것 같았다.

한국 고등학교도 서울대학교에 비하면 아이들 세발자전거 수준이었다.

"조경이 좋네."

학교를 감싼 관악산의 기운이 넘실거리는 게 느껴졌다.

계절이 봄인 만큼 산에는 생명의 기운이 가득했다.

잘 정리된 학교 내 조경시설들 사이사이로 각종 꽃이 가득 피어 있었다.

'버스도 다녀?'

서울대학교 구경은 처음인 만큼 놀랄 만한 풍경들이 많았다.

그중에서도 학교 내에서 운행하는 셔틀버스들.

학교 부지가 얼마나 넓은지 버스가 여러 대 보였다.

"민이 너도 다녀~ 올해 검정고시 치고 내년에 입학하면 되잖아."

기본적으로 나는 뭐든 가능하다는 생각을 갖고 있는 예린이.

또 나의 실력을 어느 정도 알고 있는 터라 아무렇지 않게 권하고 있었다.

"생각해 보고."

"같이 다니자~ 우리 집에서 다니면 좋잖아."

속도를 낮춰 천천히 서행 중이던 예린이가 같은 학교에 다니자고 꼬드겼다.

물론 조건은 자신의 집에서 함께 다니자는 것.

그 마음이 고맙기도 했다.

'부럽기는 하네.'

유유히 삼삼오오 짝을 이뤄 교정을 걷고 있는 학생들의

모습이 눈에 들어왔다.

혼자 걷는 이는 거의 없었다.

가방을 어깨에 걸거나 등에 메고 친구들과 화기애애한 모습으로 지나가는 학생들의 모습.

수다를 떠느라 정신없는 사람들도 간간이 보였다.

청춘들에게 주어진 특별한 배움의 장소 같은 대학 생활.

강남의 번화한 거리에서 보았던 화려하고 세련된 차림을 한 학생들은 드물었다.

대부분이 수수한 차림.

청바지에 운동화, 튀지 않는 평범한 색상의 옷차림이다.

끼이익.

차락차락.

특별할 것까진 없지만 자전거를 타고 이동하는 이들도 넘쳤다.

분명 자신들만의 미래를 꿈꾸며 열심히 살아가는 나와 또 다른 모습의 사람들.

부족할 것 없어 보이는 이들이 살짝 부러웠다.

"다 왔어."

농생명과학대학이라는 건물을 막 지나치자 바로 눈에 들어온 3층 높이의 최신형 건물.

건물 앞쪽 길 한편에 예린이 차를 파킹했다.

"예린이 좋겠다~ 학교도 크고."

"응~ 좋아. 외국 유학 가서 피곤하게 사는 것보다 한국에서 대학 생활 하는 게 나은 것 같아."

유학파에도 밀리지 않는 교육 시스템을 갖추고 있는 서울대학교.

괜히 대한민국 짱 먹는 학교가 아니었다.

딸깍.

주차를 확인하고 예린이와 나는 차에서 내렸다.

점심시간이 꽤 지났지만 오고가는 사람들의 수가 꽤 많았다.

"와아……."

"엄청 예쁘다."

"누구야? 연예인은 아닌 것 같은데……."

다른 여학생들과 확연히 외모가 구분되는 예린이의 출현.

평범한 청바지 차림의 남학생들이 탄성을 터뜨렸다.

"어머, 저 남자 누구야?"

"잘생겼다……."

"정말, 무슨 기럭지가 저렇게 길어~"

"스타일 죽이는데~"

역시 여학생들의 반응 또한 만만치 않았다.

예린이가 쫙 빼준 캐주얼 세미 정장 드레스 코드.

선글라스까지 착용하고 나타나자 단박에 여학생들의 입이 새들처럼 쫑알거리기 시작했다.

"올라가자~"

사락.

역시 예린이가 다가와 나의 팔에 자신의 팔을 걸었다.

"저 자식……."

"에휴, 잘나가는 집 자제 분이신가 보네."

"아니야. 여자가 스포츠카 몰고 왔어."

"아! 나 재 알아."

"누군데?"

"한국 고등학교 다닐 때 봤어. 유예린이라고 이번에 경영학과에 들어왔어."

"너네 학교 출신이야?"

"어쩐지 때깔이 다르더라……."

한국 고등학교 출신 학생 한 명이 예린이에 대한 정보를 제공했다.

"근데… 저 자식은 뭐야?"

보통 청력이라면 정확하게 들리지 않았을 말들.

하지만 예민한 나에게는 멀찍이 떨어져서 떠들어대는 소리까지 정확하게 들려왔다.

아무리 잘나고 못나도, 또 공부를 잘하고 못해도 피할 수 없는 수컷들의 본능.

절대 달라지지 않았다.

능력있는 자들만이 미녀를 얻을 수 있는 만고의 진리.

나에 대한 강력한 적개심이 팍팍 느껴졌다.

스윽.

"머리카락에 뭐 이런 걸 묻히고 다니니~"

나는 절제된 손짓으로 친밀하고 다정하게 예린이의 머리카락을 쓸어주었다.

"그래?"

나에게는 언제나 한결같이 관대한 예린이.

감히 누구도 터치해 보지 못한 옥체 접촉을 순순히 허락했다.

"으으……."

"부럽다."

당장에 터지는 수컷들의 비명.

'자식들 니들은 나에게 졌어~'

부러워하면 지는 것.

하늘하늘한 원피스를 입은 미녀 예린이와 팔짱을 끼고 사라지는 자신을 보고 한숨을 푹푹 쉬는 서울대 남학생들.

뭔지 모르지만 괜히 기분이 좋아졌다.

예전에 세아 누님과 강남 시내를 걸었을 때 느꼈던 뿌듯한 감동과 비슷했다.

나도 어쩔 수 없는 수컷이 분명했다.

"윤 실장, 아까 유예린 양과 함께 온 남자분 기억하지? 강민 씨야. 오면 무조건 최고 등급으로 대우해."

"네, 원장님."

"유예린 양도 자주 드나드는 걸로 고객들에게 살짝 흘리고."

"그건 걱정 안 하셔도 돼요. 벌써 한중그룹 사모님께 흘려뒀습니다."

"그래? 잘했어."

강민과 유예린이 살롱을 나가고 난 뒤 점심시간을 보내고 있는 끌라르떼 살롱 사람들.

윤 실장과 공 원장이 앞으로의 진로를 모색하고 있다.

각별히 신경을 써서 헤어 스타일을 잡았다.

특별한 고객이 아니면 공 원장이 직접 손을 대는 경우는 드물었다.

하지만 이번에 유예린과 함께 동행한 강민은 공 원장이 직접 초특급 대우를 했다.

그것도 장장 40여 분의 시간을 투자한 가위질.

쥐어뜯어 놓은 듯한 머리카락을 손보는 게 생각처럼 간단하지 않았다.

자르고 솎아내고 다듬고.

길이가 일정하지 않은 게 대충 싹둑 자른 듯했다.

머리카락 굵기는 보통 사람들과 비슷했지만 강도가 남달라 애를 먹었다.

두피 상태는 예상외로 최상.

가까이에서 보니 더욱 매력적인 페이스를 갖고 있던 강민.

그을린 피부와 드러난 목선.

단단한 등판에서 느껴지는 근육감은 이성에 관심이 없는 공 원장의 시선과 마음까지 흔들 정도였다.

그 정도 남자라면 한 번쯤 품에 안겨보는 것도 나쁘지 않다는 생각까지 들었다.

'분명 오성그룹은 유예린의 시대가 될 거야. 걔 오빠나 언니와는 힘이 달라.'

오성백화점에 사업장이 있다 보니 일 년에 몇 번은 오성그룹 자제들을 볼 수 있었다.

단골까지는 아니었지만 급하게 머리를 손질해야 할 때 가끔 끌라르떼를 찾았던 유재명과 유예성.

오성전자 부사장 자리까지 올라갔다가 이혼 후 오성건설

상무로 좌천이 된 유재명.

그와 달리 오성호텔을 맡고 있는 유예성 전무와 그녀의 남편인 오성모직 부사장은 능력을 인정받고 있었다.

과거 기업 경영 형태와 많이 달라진 현대 사회.

주주들의 구성이 다양해진 상황에서 유재명 상무가 그룹 대권을 잇게 될 가능성은 갈수록 낮아지고 있었다.

고객 대기실에서 공 원장은 유예린의 남다른 면모를 확인했다.

그 나이라면 자칫 감정적으로 사건을 받아들이고 처리했을 수도 있었을 텐데 그렇지 않고 깔끔하게 마무리를 했다.

얼굴색 하나 바뀌지 않고 강민을 남자 친구라고 소개하던 유예린.

해맑게 웃는 모습을 보면서 사람을 상대로 도가 튼 공 원장도 당황했다.

도저히 속내를 짐작할 수 없었다.

아직 나이는 어리지만 눈빛과 분위기는 다른 이들을 충분히 압도하고도 남았다.

여러모로 후한 점수를 줄 수밖에 없었다.

'강민… 베라 황이 눈독을 들일 만해. 그 정도까지일 줄은 몰랐어. 진짜 스타가 될 재목이야.'

공 원장도 잊어버린 것은 아니었다.

3년 전 세상을 떠들썩하게 했던 영웅 소년.

오늘 본 모습은 그냥 소년이라고 말하기엔 많이 부족한 상태.

그때보다 더 남자답고 멋지게 성장해 있었다.

분위기도 더 성숙해진 듯 3년 전 텔레비전을 통해 보았던 모습과는 인상이 달랐다.

그러다 보니 끌라르떼 스태프들은 물론 일반인들도 그를 몰라보는 듯했다.

페이스에서 풍기는 느낌은 약간 남아 있지만 전체적인 분위기와 기세 때문에 전혀 다른 사람처럼 보였다.

공 원장의 머릿속에 제대로 각인되었다.

'아직 때를 만나지 못해서 그렇지 크게 될 사람이야. 호호호, 사진을 찍어두길 잘했어.'

헤어 스타일을 완벽하게 잡아주고 웃음을 던지며 사진 한 장을 같이 찍었다.

아무나 사진을 찍는 것은 아니다.

나중에라도 스타가 될 만한 재목들을 골라 차후 홍보자료로 쓸 만한 것들을 모아놓는 것이다.

아직은 눈에 보이는 성과는 없다.

하지만 공 원장으로서는 오늘 예상치 못한 대박을 터뜨린 셈이다.

"맛있지?"

"생각보다 훌륭했어."

"학생들은 이곳 식당을 농식이라고 불러. 학교에서 가장 오래된 농과대학에 딸려 있던 식당이기도 하고 먹을 것의 소중함을 일깨워 주는 곳이라 극찬하는 곳이야."

예린이와 식사를 마치고 나왔다.

예린이는 볶음밥 라인인 보까보까를, 나는 고기 종류인 가스까스 정찬을 받았다.

사실 맛은 있었지만 한국 고등학교 시절 급식에 비하면 10분의 1도 안 되는 맛.

하지만 음식이란 게 맛으로만 먹는 건 아니다.

어떤 사람과 함께 먹느냐도 행복 지수를 높이는 무척 중요한 요소.

나보다 더 입맛이 고급인 유예린.

'생각했던 것보다 괜찮단 말이야.'

윤라희 여사의 딸이라고 보기엔 소탈한 구석이 많았다.

입맛도 까칠하지 않고 뭐든 맛있게 잘 먹는 타입이다.

막상 생긴 건 입도 짧고 따져가며 먹을 것 같지만 늘씬한 몸에도 먹성 좋게 잘도 먹었다.

식당에서 밥을 먹던 다른 학생들의 시선이 예린이와 나

에게만 향할 정도였다.

그 상황에도 싹싹하게 그릇을 말끔히 비운 예린이의 털털한 모습.

시간이 가면 갈수록 다양한 예린이의 매력을 보게 된다.

"이제 수업 받으러 가는 건가?"

"응~ 오늘은 경제학 개론이라고 7, 8교시 연강이야."

"전공이야?"

"나한테는 전공이지만 타 학부생들에게는 교양 필수 정도 되는 그런 과목이야."

"나도 들어도 돼?"

"그럼~ 수강생이 200명도 넘어서 네가 누군지 몰라. 그리고 가끔 청강하는 이들도 많아."

'대학 수업이라…….'

겨우 하루를 예린이와 함께하고 있는데 재미있는 일들의 연속이다.

생각지도 못했던 보디가드 신분도 얻었고 이제는 대학교 수업 청강까지.

손에 아무것도 든 게 없지만 잘난 친구 덕분에 명문 대학생 기분까지 만끽하게 되니 기분 나쁘지 않았다.

"아직 시간이 남았는데… 우리 커피 한잔하면서 걸을까?"

"주인 아가씨 마음대로 하십시오~"

"호호호~ 그래? 그럼 가서 커피 두 잔만 뽑아오너라."

"……."

"여기 동전! 자판기는 저쪽에 있어."

예상치 못한 예린이의 행동.

테이크아웃 점포가 있는 것을 빤히 보았을 텐데 자판기 커피를 뽑아오라고 했다.

"아, 네~ 마님."

나의 주머니 사정을 빤히 알고 있는 예린이.

지갑에서 동전 500원짜리를 하나 꺼내주었다.

"예린이, 너도 동전으로 자판기 커피 마셔?"

"어머! 난 뭐 대한민국 사람 아냐? 당연하지~ 얼마나 맛있는데."

'알뜰하기까지.'

내가 지금 걸치고 있는 옷과 신발, 시계, 각종 액세서리를 살 때 긁어댄 돈만 해도 무려 천만 원이 넘었을 것이다.

그런 예린이의 가방 속에서 500원짜리 동전이 나온다는 게 이상하게 보였다.

매일 요리사가 해주는 밥을 먹으면서 학교 식당 밥을 먹겠다고 일부러 학교까지 온 것도 그랬다.

게다가 자판기 커피라니.

보통 사람들도 요즘은 자판기 커피를 잘 마시지 않는다.

사용하는 식품의 질도 그렇고 위생상 관리가 잘 되지 않는 곳이 너무 많기 때문이다.

주변을 살짝만 둘러봐도 웬만한 여학생들 손에는 테이크아웃 해온 커피가 들려 있다.

매력이 넘쳤다.

3년이라는 시간 동안 외적으로나 내적으로 많이 성숙해진 예린이의 모습이다.

그녀만이 갖고 있는 향기로운 인간미가 느껴졌다.

딸각.

동전을 자판기에 넣었다.

"아메리카노?"

"아니, 설탕 플러스 크림 커피."

끼릭.

일반 커피 스위치를 눌렀다.

"네 커피 취향이 우리 양 도사하고 똑같네."

"양 도사? 그 도사는 누구야?"

'아차!'

"아니~ 우리 스승님하고 같다고."

나도 모르게 속엣말이 툭 튀어나오고 말았다.

한 번도 그런 적이 없었는데 설악산에서 벗어나 이틀 만에 긴장이 풀린 것 같다.

"으응~ 한번 뵙고 싶어."

'헐~ 큰일 날 소리 하네.'

태어나서 다시 만나지 말아야 할 1순위 대상.

그 자리에 당당히 올라가 있는 설악산 양 도사.

나를 가장 아끼는 친구에게 절대 보여주고 싶지 않았다.

"정신 건강에 해롭다."

"왜? 설악산에서 너무 운치있게 사시잖아. 책에서 보던 진짜 도사님들처럼 말이야."

'진짜 도사 맞다. 다만 도가 지나쳐 도가 도 아닌 게 문제지만.'

양 도사에 관한 험담을 늘어놔 봐야 내 얼굴에 침 뱉기.

지이잉.

비어 있던 종이컵이 커피로 다 채워졌다.

끼릭.

나도 예린이와 같은 것으로 뽑았다.

가끔 양 도사에게 얻어 마셨던 정다방 미시 김표 달달 커피.

군복무 중인 군인에게 초코파이가 하나님이듯 커피도 설악산 자연생활에서는 대천사급 정도 지위를 가졌었다.

"축제 끝났지?"

"올해 봄 축제는 끝났어."

"아쉽네."

"내년에 나랑 같이 보면 되잖아."

틈만 보이면 절대 그냥 지나가지 않고 던지는 예린이의 밑밥.

사박사박.

또각또각.

그녀와 함께 걷기 시작했다.

어느덧 시간은 오후 2시를 훌쩍 넘어 3시로 향하고 있었다.

삼삼오오 수업을 마치고 귀가하거나 다른 건물로 이동하는 학생들이 바쁘게 걸음을 옮겼다.

'서울 속 자연공원 같네.'

학교가 관악산 깊숙이 들어와 있어 서울 시내와 달랐다.

특히 화기가 강한 관악산의 보호를 받아 탁기가 감히 침범하지 못했다.

명당에 위치한 서울대학교.

이제 막 꽃피기 시작한 아리따운 여성과 함께 걷는 기분까지 더해지자 오래 묵은 스트레스까지 다 달아나는 듯했다.

"어~ 사랑스러운 예린~ 어디를 가시나~"

'사랑스러운 예린이?'

예린이와 나란히 걷던 길옆에서 바로 들려온 느끼한 음성.

끼이이익.

차가 한 대 미끄러지듯 멈췄다.

예린이의 스포츠카보다 훨씬 잘나가 보이는 파란색 스포츠카.

열린 차창 밖으로 누군가 얼굴을 내밀었다.

멋스러운 선글라스를 착용하고 있어 눈빛을 볼 수는 없었다.

콧수염과 턱수염까지 기르고 모자를 눌러썼다.

하얀 이를 드러내며 활짝 웃는 남자.

예린이를 불렀다.

찌릿.

짙은 선글라스 너머의 눈동자가 나를 위아래로 빠르게 훑었다.

남자의 몸을 둘러싼 기운에서 비릿한 악취가 풍기는 듯했다.

맑지 않고 탁하다.

3년 동안 거의 접하지 않고 살았던 싸가지의 기운이다.

오랜만에 3년 전 화려했던 나의 과거를 떠올리게 하는 냄새가 물씬 풍겼다.

제5장
설악산 심마니과

'저 새끼는 뭐야?'

평소 한 번이라도 마주치기를 소망했지만 학교 수업 말고는 일체 서클 활동이나 개인 모임을 갖지 않고 사라져 버리는 유예린.

같은 경영학과지만 이렇게 마주치기 어려웠다.

1학년 전공 수업도 달랐고 교양 수업은 무슨 과목을 듣는지도 몰랐다.

어머니로부터 특별히 친하게 지내라는 지시를 받았고 아직 그 뜻을 이루지 못하고 있었다.

올해 나이 스물둘.

에스칼그룹 3세 경영 후계자 최문혁.

아버지의 유전자 덕에 185센티미터의 큰 키에 선이 날렵하고 반반한 얼굴에 클럽 문화를 지배하는 황태자로 군림하고 있었다.

머리는 그렇게 좋지 않지만 투자한 만큼 결과를 얻어낸 케이스.

엄청나게 고가의 과외 선생을 붙여 한 번 재수로 합격한 서울대 경영학과다.

현재는 부모의 재력에 본인의 학벌까지 더해 여심을 흔들며 후리기의 진수를 만끽하고 있었다.

불과 얼마 전까지만 해도 그 일에 청춘을 불태웠던 최문혁.

그랬던 그에게 어머니로부터 한 가지 지시가 떨어졌다.

같은 학교 학과에 입학한 오성그룹 막내딸과 친분을 쌓으라는 것.

최근 인수한 구 현두그룹의 메모리 사업을 확장하기 위해서는 오성의 절대적 도움이 필요했다.

세계 시장에서 1위로 달리고 있는 메모리 반도체의 선두주자 오성그룹.

그들과 경쟁하기보다는 협력을 통해 시장을 제패하려는

야심을 품고 있었다.

효자 노릇을 하던 텔레콤 시장이 포화 상태에 접어들면서 에스칼그룹은 차세대 먹거리로 반도체 사업을 선택했다.

가장 중요한 기로에 와 있다는 것을 모를 리 없는 최문혁.

집안 사정을 알고 있기에 최문혁 입장에서도 유예린과 최대한 거리를 좁히기 위해 노력했다.

그래도 이 바닥에서 좀 살 만하다 싶은 집안의 딸.

그중에서도 외모가 되고 한국 고등학교를 졸업하고 서울대학교에 입학했을 만큼 수재인 유예린.

하룻밤 즐기던 여자들과는 뭔가 차원이 달랐다.

최문혁 입장에서도 평생 반려자로서 유예린은 더할 나위 없는 상대였다.

하지만 여전히 거리를 좁히는 게 쉽지 않다.

몇몇 선배와 집안들끼리의 연줄로 말문을 트는 데까지는 어떻게 가능했지만 딱 거기까지.

지금껏 밥 한 번 커피 한 잔 나누지 못하고 있었다.

교내에서도 한국 고등학교 출신 여학생과만 말을 섞는 유예린.

도대체 다가갈 수 있는 여지가 쉽게 생기지 않았다.

그런데 오늘 그녀에게서 뭔가 다른 분위기가 느껴졌다.

그녀를 살피기 시작한 이래 처음 환한 미소를 보인 것이다.

그것도 싸구려 자판기 커피 한 잔을 손에 들고서 말이다.

마치 세상의 모든 행복을 품에 안은 사람처럼 봄날 햇살보다 더 강렬한 빛을 발하며 웃던 유예린.

그 모습을 보는 순간 최문혁의 가슴속에서 알 수 없는 불길이 솟구쳤다.

그것은 유예린에 대한 소유욕.

반면 또 다른 감정이 함께 솟구쳤는데 그것은 유예린 옆에 바짝 붙어 있던 제비 같은 놈에 대한 신경질적인 반응이었다.

그냥 봐도 평범한 스타일은 아니다.

걸치고 있는 옷만 봐도 서민들이 소화하기 힘든 브랜드들이다.

제법 사는 집 자식 같아 보여서 더욱 신경이 바짝 쓰였다.

그리고 풍기는 분위기도 강렬했다.

오성그룹의 막내딸 유예린 앞에서 저렇게 당당하게 어깨를 펴고 상대할 수 있는 사람은 거의 없었다.

냉정하게 이성적으로 견제의 눈빛을 보냈지만 그 눈빛도

무시해 버리는 녀석.

"수업 들어가요."

"오늘 경제학 개론 수업이 있구나. 마침 잘됐네. 나도 그 수업 들어야 하는데… 타! 같이 가자!"

입학은 어떻게 했지만 지난해 엄청나게 놀아제낀 대가로 기초 전공과목에서 권총을 찼다.

다행히 작년에 맡았던 융통성 없던 교수와 달리 이번에는 점수에 제법 후한 교수가 경제학 개론을 맡았다.

대충 수업을 때우고 시험만 친다면 무난하게 패스할 수 있다.

누가 뭐라고 해도 최문혁은 예의상 수업에 출석해 주고 있는 셈이었다.

강의가 끝나자마자 곧장 예약된 신촌 클럽 파티에 가야 한다.

이미 몸도 마음도 들떠 있는 상태였기에 심장에서는 불꽃이 일고 있었다.

덩달아 목소리까지 떨렸다.

클럽에 바지 사장을 내세우고 있지만 사실상 최문혁의 소유.

그 덕에 미모의 모델 지망생들 레벨과 소수 정예 남성 멤버들만의 광란의 파티가 준비되어 있었다.

"먼저 가세요. 전 남자 친구랑 함께 갈 거예요."

"나, 남자 친구?"

들떴던 최문혁의 음색이 대번에 변했다.

입가에 번져 있던 미소도 흔적 없이 지워졌다.

엮일 대로 엮여 있는 기업인의 자제들은 어떤 일이 있어도 지키는 게 있었다.

그것은 연애를 아무리 질펀하게 놀아대며 해도 절대 자신들의 입으로 연애 사실을 발설하지 않는 것을 불문율로 여겼다.

그리고 그것은 암암리에 프라이버시를 지켜주는 정도로 덮어졌다.

아무리 사생활이 난잡해도 가문의 이해득실에 의해 계산되고 결정되는 혼사.

굳이 득이 되지 않는 일들은 스스로 떠벌릴 필요가 전혀 없었다.

그런 사실을 모를 리 없을 유예린.

그녀는 최문혁을 앞에 두고 눈도 깜빡하지 않은 채 옆에 있는 남자를 자신의 남자 친구라고 호칭하고 있었다.

'저 자식이!'

순간 최문혁의 눈에서 살기가 번뜩였다.

일단 여학생들과 잠깐 말을 섞는 게 학교에서 본 유예린의 모습 전부였다.

그랬던 유예린을 순수하게 생각하고 있던 최문혁은 마음에 상처를 받았다.

남자인 자신은 문란한 사생활을 거쳤다 하더라도 자신의 와이프는 순수한 여성임을 소망했던 최문혁.

"예린아~ 수업 늦겠다."

"그래~ 어서 가."

싸늘하게 식은 눈빛의 최문혁을 전혀 안중에 두지 않고 돌아서는 유예린.

잘 가라는 인사도 없이 냉정하게 남자의 옆에 바짝 붙어가 버렸다.

"그런데 어떻게 된 게 예쁜 여학생은 눈 씻고 봐도 없네?"

"나 있잖아~ 나만 봐~"

"너무 봐서 이제 아무 감각이 없는데……."

"히잉, 정말? 그러면 안 되는데……."

돌아서 가는 두 사람의 뒷모습을 빤히 쳐다보던 최문혁의 귓속을 파고드는 유예린의 애교 섞인 목소리.

으드득.

전혀 예기치 못한 현장에서 최문혁은 어이없는 상황과 맞닥뜨렸다.

"지저분한 계집……."

기대가 컸던 만큼 실망도 크게 다가왔다.

살다 보면 누구나 한 번쯤은 겪는 감정적 분노.

자신의 지저분한 사생활은 로맨스가 되지만 다른 이들의 받아들일 수 없는 사랑은 불륜일 수밖에 없다.

아무 교류도 없었지만 이미 여러 방향으로 상상의 나래를 폈던 최문혁에게 유예린은 지금 불륜을 저지르고 있는 것이나 진배없었다.

최문혁은 조용히 이를 갈았다.

"아무리 봐도 예린이 네가 제일 낫다."

"정말?"

낮은 목소리로 서로에게만 들릴 만큼 조용하게 속삭이며 멀어지는 두 사람.

"밟아버리겠어, 저 개새끼."

폭력 역시 또 다른 성공의 수단으로 여기는 재벌 3세 최문혁.

아주 오랜만에 목표가 생겼다.

통성명도 하지 않은 채 무시당한 수모를 제대로 갚아주고 싶었다.

그는 유예린의 남자.

앞날을 장담할 수 없는 상황에서 자칫 유예린의 눈 밖에

날 필요는 없었다.

대신 유예린의 남자를 철저히 짓밟아 버리면 그만이었다.

그것이 유예린이 자신에게 준 상처를 되돌려 주는 가장 쉬운 방법이기도 했다.

'엘케이동…….'

서울대가 타 학교와 다른 점은 국내 굴지의 대기업들이 자선 사업으로 건물들을 신축해 주고 이름을 얻어 광고 효과를 낸다는 것이다.

대한민국 최고 인재들이 모여 있는 곳에 선투자를 해 그들을 직원으로 얻기 위한 여러 대기업의 아이디어다.

새로 건축된 듯한 경영대학교 건물 앞에 떡하니 서 있는 표석.

재계 서열 순위권인 엘케이그룹의 상호가 선명하게 박혀 있다.

과히 기분이 좋지는 않았다.

언젠가 한 칼럼에서 봤던 내용이 떠올랐다.

직접적인 표현이긴 했지만 서울대가 사라져야 대한민국의 정치 문화를 비롯한 각 영역이 자율적으로 발전할 수 있을 거라는 내용.

부와 권력과 마찬가지로 학문의 힘도 독점되어서는 안 된다는 게 그 칼럼의 주제였다.

사회 전 영역에 퍼져 있는 서울대 신드롬은 현대에 와서 미래 사회의 가장 큰 걸림돌 역할을 하고 있다는 의미일 것이다.

서울대 출신들만의 파벌과 인맥을 통한 또 사회 안의 사회가 유지되기에 한반도는 너무나 작은 나라.

그들의 손끝에서 조리되고 있는 나라를 더는 볼 수 없다는 깨인 지식인의 외침 정도였다.

그들은 분명 국가 발전에 이바지한 바가 크지만 그에 반해 악습으로 자리 잡아 놓은 오점 또한 많다.

'세상은 돌고 도니까 알아서 돌아가겠지.'

당시 칼럼을 보면서 느낀 거지만 몇몇의 동조꾼으로 인해 세상이 쉽게 바뀐다면 그것 또한 말이 안 되는 법.

특히 기득권이 그렇게 쉽게 무너질 리는 없다.

모든 이치가 차야 기우는 법.

그런 면에서 서울대는 아직도 차올라가고 있는 것일 수도 있다.

사실 서울대학이라는 듣고 보기 좋은 이름도 결국 100년 남짓된 역사의 결과물일 뿐.

"뭘 그렇게 생각해?"

"어?"

잠깐 화장실에 다녀오던 예린이가 얼굴을 바짝 붙이며 물었다.

엘케이그룹 표석을 쳐다보며 이런저런 생각을 하던 나와 자칫 입술이 닿을 뻔했다.

"어, 서울대 미래에 대해 생각 좀 했어!"

"뭐? 서울대 미래? 호호호, 무슨 문제 있어?"

"이 비싼 땅을 개발하고 학교는 좀 한적한 곳으로 빼면 어떨까 하고 말이야. 여기 개발되면 좋잖아~ 대규모 택지로 조성되면 몇 조는 그냥 받지 않겠어?"

"그럼 네가 돈 벌어서 옮겨봐. 이왕이면 공기 좋고 물 맑은 곳으로 말이야~"

말도 안 되는 말에는 딱 예린이처럼 응대를 해줘야 끝나는 법.

하지만 예린이의 표정만큼은 정말 내가 돈이라도 벌어서 서울대학을 한적한 곳으로 옮길 수 있다고 믿는 눈치다.

순진한 표정으로 눈을 껌뻑이는 예린이.

이 표정 역시 오직 나에게만 보이는 얼굴이다.

오전 끌라르떼에서 있었던 사건에서 냉정하게 일을 처리하던 그때 그녀의 모습과는 차이가 컸다.

냉정한 사업가의 자제다웠던 그때의 예린이.

"들어가자."

"그래~ 어서 가서 자리 잡자. 이문석 교수님 강의는 인기가 높아 청강생도 많아."

'이문석…….'

나도 익히 들어본 적이 있는 경제학자의 이름이다.

3년 전 한국 고등학교에 재학 중일 당시 시간만 나면 나는 정보의 바다 속을 매일 서핑했다.

세상을 경영한다는 게 무엇인지 알기에는 어린 나이.

하지만 미래를 준비하기 위해 정치, 경제, 스포츠, 문화 등 각 나라의 관습까지 연구했었다.

그때 알게 된 이문석 교수.

1997년 대한민국 IMF 당시 김일삼 대통령을 모시고 청와대 경제자문위원을 지냈던 양반이다.

하버드를 졸업한 친미 인물이며 아직 보호받아야 할 대한민국의 금융산업을 선진국처럼 개방해야 한다고 주장해 나라를 망하게 한 주역 중의 한 사람이다.

'아직도 교육현장에 남아 있단 말이야?'

다른 이들이라면 관심도 없고 이미 지나 버린 일이라고 치부해 버렸겠지만 나의 잘난 머리는 똑똑히 기억하고 있었다.

당시 경제에는 문외한인 김일삼 대통령을 꼬드겨 시장을

개방한 이문석 교수.

아마 살아서 갚지 못한다면 죽어서라도 그 일에 관해서는 정당한 대가를 받아야 할 인물이다.

"퇴직할 때가 지난 것 같은데."

"명예 교수님이셔. 가끔 강의를 맡으신다고 그래."

세상 살 만큼 살았고 나라를 헤쳐먹을 만큼 해드신 양반이 아직도 교수질을 한다는 사실이 마음에 들지 않았다.

조용히 은거하며 반성해도 모자랄 판에 대한민국을 이끌어갈 인재들을 양육하겠다고 버티고 있다니.

강의실에 들어가고 싶었던 마음이 싹 사라졌다.

"강의 끝나고 엄마가 바로 오래. 새식구 들어온 기념으로 오빠까지 불러 가든파티를 여실 거래."

"내가 뭐라고……."

"뭐긴 뭐야~ 유예린의 세상 첫 번째 남자 친구지."

"그럼 혁찬이는 두 번째냐?"

순간 예린이의 눈동자가 커졌다.

"어떻게 알았어?"

"……?"

"혁찬이가 어제도 메일 보냈더라. 곧 한국에 들어온다고 얼굴 좀 보재."

'자식 아직도 미련을 못 버렸네.'

예린이에 대한 사심이 전혀 없는 나로서는 전혀 문제될 게 없다.

하지만 혁찬이가 축구 선수로 대성했다 하더라도 윤라희 여사가 식구로 받아줄 리 만무하다.

나만 봐도 예린이가 죽어라 쫓아다녔지만 성사될까 말까 한 상황.

지금만 봐도 예린이는 혁찬이에게 전혀 마음이 없어 보인다.

"예린이 좋겠네~ 남자한테 인기도 많고~"

"몰랐어? 친구들이 그러는데 내가 경영학과 올해의 퀸카래~"

'그래, 사람 눈은 다 똑같으니까.'

내가 봐도 예린이가 3년 전과 비교도 안 될 만큼 아름다운 여성으로 성장한 것은 분명했다.

슈퍼모델처럼 큰 키는 아니지만 부담없을 정도의 키와 바디 비율은 아트였다.

게다가 고등학생 때의 귀여움이 아직 어렴풋이 남아 있는 얼굴에 뽀얀 피부가 더해져 불타는 청춘 남성들의 가슴을 설레게 하기에 충분했다.

조금 전 마주쳤던 파란색 스포츠카를 탔던 남학생도 그 부류 중의 한 명일 게 분명했다.

살짝 스쳤을 뿐인데 예린이 옆에 있던 나를 쳐다보는 눈빛에서 살기가 느껴질 정도였다.

주제 파악도 못한 채 나를 노려보던 그의 눈빛만 봐도 예린이가 관심의 대상임은 짐작하고도 남았다.

밤길 걷다 나에게 그 눈빛을 보냈다면 옥수수 몇 알은 털어주는 건데 대낮이라 무시했다.

"서울대학교가 한국 고등학교보다 인물이 없네~"

"뭐, 뭐라고!"

"하하, 예린아 강의 늦겠다~"

가벼운 농담 한마디에 벌써 서울대학교 학생이라고 발끈하고 눈을 붉히는 예린이.

그도 그럴 것이 예린이가 한국 고등학교 재학 당시에는 그쪽으로 명함을 내밀 수준은 아니었다.

학생들뿐만 아니라 교직원들 또한 엄청난 미모를 자랑하는 인물이 많았던 시절.

지금 생각해 봐도 한국 고등학교가 훨씬 나았다.

쭈욱 한 번 훑어봤지만 예린이를 빼고 대부분의 여학생들이 참 모범적이고 공부에 전념하게 생겼다.

익히 한국 고등학교에서 많이 접했던 공부벌레들의 전형적인 모습.

규모면에서는 서울대학교가 월등한 수준이다.

"예린아 안녕~"

"응~ 혜미야."

예린이와 친분이 있는 듯한 몇 명의 여학생.

학년 정원이 135명에 달하지만 친구를 많이 사귀고 있지 않았다.

OT를 비롯해 각종 과모임에 전혀 참석하지 않는 예린이에게는 친구를 사귈 만한 시간이 없었다.

그나마 한국 고등학교 때부터 알고 있던 학생이나 사교성이 좋은 몇몇 여학생이 친구의 전부.

혜미는 그중에서도 입학 후에 사귄 친구로 성격이 꽤 좋았다.

"…아는 사람이야?"

200석 규모의 대강의실.

1학년 학생은 필수로 수강해야 하는 과목.

게다가 타 과에서는 교양 과목으로 개설된 경제학 개론이다 보니 수강 인원을 수용하기 위해 강의실이 상당히 컸다.

혜미는 강의실 앞쪽에서 예린과 함께 앉아 있는 남학생에게 꽂혀 예린에게 다가갔다.

물론 타 과 학생들이 교양 과목으로 듣기 때문에 간혹 새로운 얼굴이 눈에 띄기도 했다.

그러나 예린이 옆에 그 어떤 남학생도 함께 앉았던 적은 없었다.

그는 강의노트나 펜 같은 것도 하나 없이 칠판 쪽을 응시하고 있다.

첫인상만으로도 그가 꽤 괜찮은 훈남이란 것을 알 수 있었다.

유예린과 가까워질 수 있었던 것도 적극적인 박혜미의 성격이 한몫했다.

학교에서도 학생회 활동을 다양하게 하고 있을 정도로 대학 1학년 생활을 알차게 보내고 있는 박혜미.

박혜미는 예린이 옆에 앉아 있는 남학생에게 시선을 고정한 채 직설적 관심을 표하고 있었다.

올해 경영학과 신입 여학생들 중에서 예린이에 이어 두 번째 가는 미모를 겸비한 혜미.

아직 공식적인 남자 친구가 없는 그녀에게 있어서는 눈앞에 이상형에 가까운 남자가 나타난 것이다.

그의 갑작스러운 출현에 박혜미의 눈과 마음은 온갖 상상으로 소란스러워졌다.

"소개시켜 줘?"

"어!"

예린의 말에 아무런 망설임이나 주저함도 없이 한마디로 대답하는 박혜미.

여자는 되도록 자신의 감정을 감추고 최대한 남자로부터의 대시를 먼저 이끌어낼 수 있는 매력을 지녀야 한다는 것을 과감하게 벗어던진 박혜미.

구시대적 사고방식 따위는 예전에 내던진 그녀였다.

더 이상 남자에게 순종적인 여성은 매력이 없는 시대.

자신의 마음을 적극적으로 표현할 수 있을 때만이 자신이 원하는 이성을 가질 수 있다고 생각했다.

"민아, 인사해. 내 친구 혜미야."

"반갑습니다. 강민입니다."

"안녕하세요~ 예린이 절친 박혜미라고 해요. 만나서 반가워요."

무표정한 눈빛으로 인사를 하는 강민.

그에게 함박웃음을 지으며 박혜미가 자신을 소개했다.

눈동자가 마치 샛별처럼 빛났다.

"혜미야, 앞으로 자주 볼 거야."

"정말? 우리 과가 아닌 건 분명 알겠고… 과가 어떻게 돼?"

예린의 한마디 한마디에 적극적으로 관심을 표하는 혜미.

평소보다 더 오버할 만큼 예린이 옆에 앉아 있는 남학생은 매력적이었다.

'우리 학교에 이 남자가 있었던가?'

박혜미가 대학 생활을 오래한 건 아니었지만 학교 내에서 강민처럼 눈에 띄는 인물과 마주친 적은 없었다.

중고등학교를 여학교만을 졸업한 혜미로서는 이성에 대한 관심이 부쩍 컸다.

처음부터 서울대를 목표로 공부했기 때문에 이성에 관심을 둔다는 것이 거의 불가능했던 청소년 시절을 보냈다.

대학에 입학한 후에야 찾아온 사춘기.

성격이 활달하고 외모까지 받쳐주면서 경영학과 남학생들로부터 인기를 독차지하고 있었다.

벌써 적극적으로 대시를 표했던 이들만도 10여 명이 넘을 정도.

하지만 혜미는 모두 거절했다.

바쁘다는 핑계로 남학생들의 구애를 걷어찼지만 사실 속사정은 달랐다.

백마 탄 왕자를 꿈꾸지는 않았지만 어릴 때부터 갖고 있던 이상형을 만나고 싶었기 때문.

그런 남자를 만나기 전까지는 누군가에게 마음을 연다는 게 상상이 되지 않았다.

그랬던 혜미 앞에 홀연히 나타난 이상형의 남자, 강민.

같은 과 남학생들에게서는 거의 느낄 수 없었던 살아 있는 야성적 매력이 풍겼다.

분명 입고 있는 옷이나 스타일은 야성적 성격이 아닌 듯한데 풍기는 느낌은 거친 매력까지 느껴졌다.

시원하면서 샤프한 인상을 주는 짧은 헤어 스타일.

그리고 큰 키.

선이 굵은 얼굴 라인과 눈, 코, 입.

무심한 듯 입가에 번지는 은근한 미소.

떡 벌어진 어깨와 타이트하게 당겨진 팔뚝의 옷 밖으로 드러나 보이는 단단한 근육의 선들.

앉아 있는 폼 자체까지도 한 폭의 작품 사진 같았다.

한마디로 뿅 간 눈빛으로 박혜미는 강민에게서 시선을 떼지 못하고 있었다.

"심마니과입니다."

"네? 시, 심마니과요?"

박혜미는 눈을 동그랗게 뜨고 다시 물었다.

처음 들어보는 학과였다.

강민을 전혀 알 리 없는 박혜미는 갸우뚱한 표정으로 예린을 바라보았다.

함축되어 있는 의미나 비유를 알아들을 리 없는 혜미.

"풋! 맞네, 심마니과! 설악산 대학교 6년제 심마니과~"

평소 똑똑하고 신비주의적 자세로 견지하던 예린이 장난스러운 웃음을 터뜨렸다.

"한의대생이야?"

나름 신중하게 생각해서 아는 체를 해보는 박혜미.

"백수입니다."

"네?"

"고등학교 동창인데 1학년 다니다 잘렸어."

"……."

예린이 한국 고등학교 출신이란 것을 알고 있는 혜미.

눈앞에 앉아 있는 남학생이 고등학교 퇴학생이라는 말에 흠칫 놀랐다.

아무리 기다리던 이상형이라 해도 학벌에 대한 기준이 머릿속에 깊이 각인되어 있던 박혜미였다.

본인이 서울대학에 다니고 있기 때문에 적어도 남자 친구 또한 같은 학교, 혹은 타 학교라 해도 의, 치대, 한의대생 정도는 되어야 격에 맞는다고 생각했다.

하지만 강민은 명문 고등학교를 다니다 잘렸다.

예린의 말에 뜨겁게 달아오르던 혜미의 심장은 순식간에 차갑게 식었다.

겉모습은 어떻게든 비슷한 부류의 사람들처럼 맞출 수

있을지 모르지만 노는 물이 다르다고 결론을 내린 것이다.

준 명품으로 차려입고 꽤 고가의 액세서리를 차고 있지만 그런 것 따위는 눈에 들어오지 않았다.

혜미도 인천에서는 알아주는 재력가의 집안.

엄마도 예린이처럼 초고가 명품 한두 개 갖고 있는 게 다지만 어디 가서 꿀릴 정도는 아니었다.

'아쉽네.'

집안은 고만고만하다 해도 같은 학교 재학생만 되었어도 혜미는 자신의 모든 시절을 걸어 구애해 볼 생각이었다.

예린이 집안이 보통은 아닌 걸 대충은 짐작하고 있다.

그러니 어설프게 되도 않는 남자를 옆에 데리고 다니지는 않을 거라고 생각해 강민에 대한 호감이 순간적으로 강하게 작용한 것도 있었다.

'강민? 혹시 그 강민!'

그때 머릿속을 강타하는 한 가지.

슥.

재빨리 박혜미는 강민을 다시 한 번 유심히 쳐다보았다.

'맞아! 그 강민이다!'

쿵! 쿵!

3년 전 전국 모든 중, 고삐리 여학생들의 로망이었던 현대판 수호기사 강민.

무서운 깡패들에게 납치된 여중생을 혼자 구출해 낸 그 히어로다.

'강민이라면…….'

차갑게 식어가던 심장의 기운이 다시 뜨거워지기 시작했다.

얼굴까지 화끈 달아오르는 숨길 수 없는 감정.

끼익.

그때 강의실 앞쪽 문이 열리며 백발이 성성한 한 노인이 들어왔다.

세월의 흔적이 느껴지는 낡은 양복과 검정 안경테가 경제학자 냄새가 물씬 풍겼다.

마른 체격이지만 꼿꼿하게 허리를 펴고 들어서는 노교수.

서울대 경제학과 이문석 명예 교수였다.

제6장

왜 그러셨습니까

마스터K

뚜걱뚜걱.

보드를 중심으로 계단 몇 개를 올라 반원형 교단이 놓여 있는 대강의실.

노교수답지 않게 이문석 교수의 발걸음에서는 힘이 느껴졌다.

턱.

옆구리에 끼고 들어온 두툼한 책과 자료집을 교탁 옆 넓은 책상에 내려놓았다.

"오늘은 자네가 맡아보게."

입가에 인자한 미소를 띠며 말을 건네는 이문석 교수.

하버드 대학원까지 졸업한 후 국책 연구기관 연구원을 거쳐 대학교수에 임용된 케이스였다.

맨 앞줄에 앉아 있던 남학생을 지명하며 눈을 맞췄다.

"전체 차렷! 경례!"

"안녕하세요."

매번 강의가 시작될 때 하는 일과인 듯 자연스러운 학생들.

대학 강의실이라기보다 학창 시절 교실에서 이루어지던 인사와 별반 차이가 없어 보였다.

제아무리 하늘을 찌를 듯한 명성을 쌓아올린 서울대학 강의실이라 해도 크게 다를 게 없는 풍경.

덩치와 교육 방식, 그리고 환경만 바뀌었을 뿐 한국 고등학교 때의 교실 풍경과 흡사했다.

대신 학생들의 모습에서 이 교수에 대한 존경심이 팍팍 묻어났다.

'이럴 만도 하겠군.'

하긴 예린이 말에 비추어 보면 학점도 후한 데다 인자하다고 했다.

게다가 전공필수 과목.

대신 여타 학과 담당 교수들에 비해 권위적이지 않고 학생들과의 소통을 중요하게 여긴다고 했다.

몇몇 학생들은 강의 신청 날 대기자 신세가 됐다가 겨우 신청을 했다는 말까지 했다.

"제군들~ 따듯한 봄날 오후입니다."

한없이 부드러운 눈빛으로 학생 한 명 한 명 모습을 훑으며 인사를 하는 이문석 교수.

학문만을 연구한 학자 같은 지적인 인품이 말투에서 솔솔 풍겨 나왔다.

안경 너머로 보이는 눈빛은 삶의 노련함과 경험에서 얻은 지혜로 반짝였다.

'저 양반이 나라를 말아먹었다고 욕먹던 그분 맞아?'

나는 약간의 혼란스러움에 빠져들었다.

"이런 날은 강의 듣고 앉아 있기가 고역입니다. 하버드 재학 시절 돈이 없어 점심을 싸구려 바게트 빵과 우유 한 잔으로 때우고 오후 수업에 들어가면 그렇게 졸렸어요. 하얀 쌀밥에 물 말아 먹던 때는 그 정도는 아니었는데… 미국에 있는 동안 우유는 적응하기 참 힘들었습니다. 하하하하, 그럴 때마다 캠퍼스 잔디밭에 누워 씹어먹어 버리고 싶었던 두꺼운 전공 서적을 베고 누워 하늘을 바라보며 한숨 자고 싶다는 유혹을 참 많이 느꼈어요."

학창 시절을 떠올리며 오늘을 다시 한 번 회고하는 듯한 이문석 교수.

마치 손자들에게 자신의 옛이야기를 들려주는 할아버지의 모습처럼 한없이 다정하고 따듯한 음성이 강의실을 가득 채웠다.

"그런 의미에서 나른한 봄날, 오늘 오후 강의는 내가 봐도 딱딱한 경제학 교과서는 어울리지 않는 것 같군요. 어때요, 오늘은 자유 토론을 해보는 게……."

짝짝짝!

몇몇 학생이 박수를 쳤다.

스윽.

이 교수는 살짝 자리를 옮겨 교탁에 한쪽 팔을 걸고 자세를 취했다.

"좋아요, 그럼 오늘 주제는 요즘 시국에 맞게 거시, 미시적 경제 전망, 국내 부동산이나 금융, 해외 각국의 치열한 환율전쟁 등에 관한 쪽으로 토론 방향을 잡아보도록 합시다."

대학원생이 아닌 학부 학생들을 상대로 자율적 토론 주제로 내놓은 것들은 꽤 난이도가 높았다.

아마 노회한 경제학 교수답게 거의 모든 방향으로 가능성을 열어두는 듯했다.

아무래도 자신의 생각이 뚜렷한 학생들만이 참여할 수

있을 것 같은 자유 토론.

이 교수는 편안한 자세로 학생들을 바라보았다.

"……."

하지만 생각보다 학생들은 쉽게 참여할 기색이 보이지 않았다.

아직 학년도 낮았지만 입 닥치고 파고들기 공부에만 매진하던 이들에게 토론식 수업이 익숙할 리 없었다.

그때였다.

"교수님! 한 가지 질문이 있습니다."

중간쯤에 앉아 있던 남학생이 손을 번쩍 들며 입을 열었다.

"그래요, 해봐요."

"경영학과 03학번 장희섭입니다. 저희 아버지께서는 중소기업을 운영하고 계십니다. 주 수출 품목은 실리콘 수지입니다."

언뜻 옆으로 보이는 얼굴로 봐서는 여드름이 아직 가시지 않은 학생.

안경을 쓰고 있다.

학창 시절 꽤 공부를 했었던 스타일이다.

목소리에는 힘이 실려 있다.

"아버님이 애국자시군요."

장희섭의 말을 듣던 이 교수가 한마디하며 입가에 미소를 띠었다.

"감사합니다. 그러나 최근 몇 달 사이에 엔저 현상으로 수익이 곤두박질치고 있다면서 걱정이 크십니다. 원화까지 강세인 상황에서 전년도와 달리 달러로 결제를 받으면 10퍼센트 정도 추가 손실까지 감당하고 계십니다. 대기업이라면 모르겠지만 이 상태로 반년만 더 가면 전 아르바이트로 생계를 책임져야 할 입장에 처할지도 모릅니다. 교수님께서는 이런 상황에 대해 어떻게 생각하시는지요. 그리고 해결의 실마리가 있다고 보십니까?"

아무래도 아버지가 사업을 하고 있다 보니 이런 문제들이 현실적으로 느껴지는 듯했다.

"안타까운 현실이군요. 사실 작금의 상황에서 수출기업이 자체적으로 어떻게 할 수 있는 방법은 그렇게 많지 않습니다."

진심으로 안타까워하는 듯한 표정을 짓는 이문석 교수.

'전혀 그렇게 보이지 않는데… 왜 그렇게…….'

많은 말을 하지는 않았지만 각종 언론을 통해 알게 된 이문석 교수에 대한 정보들에 의구심이 들었다.

진정 저 노교수가 나라를 팔아먹었다는 매국노가 맞는지 믿어지지 않았다.

다른 관료들까지는 모르겠지만 눈앞의 교단에 서 있는 노교수에게서는 전혀 그런 냄새가 나지 않았다.

차츰 혼란이 가중되고 있었다.

나는 좀 더 노교수의 강의에 귀를 기울였다.

"환율이라는 놈은 사실 우리나라 마음대로 어떻게 할 수가 없습니다. 다들 기초적 경제지식은 갖고 있다는 전제하에 설명을 해주겠어요."

느긋한 말투와 함께 전혀 꼬이는 발음 하나 없이 또박또박 말을 하는 이 교수.

음색 자체가 악의적인 사람들의 것과 전혀 다른 발성으로 선량한 사람의 기운이 묻어나고 있었다.

기운이 신선하다.

"작금의 대한민국 경제는 세계사에 유래가 없을 정도로 빠른 성장을 거듭해 왔어요. 현재 10위권 안의 무역 교역량을 보이고 있으니 그건 모두 알고 있겠죠? 아시다시피 자본과 자원이 턱없이 부족한 상황임에도 인적자원에 의지해 오늘날의 무역 대국을 이뤘습니다. 한강의 기적이라는 말처럼 1950년 한국 전쟁 이후 급속도로 경제성장을 일으키면서 그 어느 누구도 짐작하지 못했던 엄청난 결과를 이끌어냈습니다."

작은 마이크 하나 없이도 이 교수의 목소리는 강의실을

가득 울릴 만큼 컸다.

칠십대 노교수라고 전혀 믿어지지 않을 만큼 성량이 넘치는 목소리다.

빼곡히 자리를 메운 젊은 청춘들의 시선이 이문석 교수에게 집중되었다.

그 열기가 고스란히 다 느껴졌다.

"그러나 성과를 이룬 만큼 문제도 함께 발생하는 게 이치입니다. 안타깝게도 대한민국은 기축통화를 발행할 수 있는 경제대국은 아니라는 것이죠. 무역대국이라는 타이틀은 거머쥐었을지 모르지만 내수 기반이 약하고 자본과 자원, 기술이 한참 부족한 데서 나타난 결과입니다. 다들 뉴스나 각종 언론 매체를 통해서 접하고 있겠지만 현 세계정세는 무한 환율전쟁 쪽으로 흘러가고 있습니다. 과거와 같이 총칼을 들고 피비린내 풍기는 전쟁을 하고 있지는 않지만 자칫 잘못하면 한 개 국가가 밤사이에 공중분해될 수도 있는 위험한 사태를 맞고 있는 건 분명합니다."

'냉철하시군.'

내 생각도 크게 다르지 않기 때문에 나는 이문석 교수가 거의 정확하게 세계정세를 읽고 있다고 보았다.

3년 전 한국 고등학교를 다니고 있을 때 이미 이상하게 느꼈던 세계 경제.

인터넷에 돌고 있는 경제 자료들만 대충 봐도 뭔가 이상하게 흘러가고 있다고 느꼈다.

상식적으로 봐도 이해가 잘 되지 않았던 그때.

사실 금이나 은과 같은 발행과 동시에 가치가 보장되는 태환화폐도 아닌 종이돈이 세상에 너무 많이 풀려 있었다.

2008년 리먼 사태부터 드러나기 시작한 세계적 신용과 부동산 거품 파열.

당시 미국 연방준비은행의 무제한 돈 살포로 급한 불은 끄기 시작했지만 난 결코 그게 해결방법이라고 보지는 않았다.

나로서는 돈과 인연이 멀었지만 경제 흐름에 대한 것은 평소에도 관심을 갖고 있었다.

나의 경제 개념 정립에 있어 처음 설악산 생활을 할 당시 태평루 왕 사장이 그 중심에 있었다.

언젠가는 나도 그 큰 경제 흐름의 한복판에 발을 담글 날이 오지 않을까 하는 꿈과 희망은 있었기 때문.

특히 나의 경제 개념에 가장 큰 도움을 준 사람들은 따로 있었다.

그들은 인터넷상의 은둔 생활자들.

그들은 은근히 경제 고수들로 세상 돌아가는 흐름을 꿰고 있는가 하면 나에게 암암리에 큰 영향을 미쳤다.

그렇다고 지금 현재 내가 무엇을 당장 할 수 있는 바는 없었다.

일개 민간은행인 미국 연방준비은행.

이미 1경 8천조가 넘는 빚을 지고도 전 세계를 상대로 돈 뿌리기 신공을 발휘하고 있다.

그런 상황에서 대한민국처럼 작은 나라의 백수가 무엇을 할 수 있겠는가.

"그럼 교수님, 지금 세계가 경제전쟁을 하고 있다는 말씀입니까?"

이문석 교수의 설명에 추임새를 넣는 장희섭.

"물론이에요. 인류 역사 이래로 끊임없는 전쟁이 있어 왔습니다. 다만 과거와 달리 현 시대는 핵무기와 기타 엄청난 무기들로 대체되면서 피를 흘리는 전쟁에 제한이 생긴 것뿐입니다. 여러분은 왜 구소련이 그 엄청난 핵무기를 보유하고 있었음에도 무너진 줄 아십니까?"

"……."

이 교수의 질문에 강의실은 잠깐의 침묵이 점령했다.

아직은 세상에 발을 들인 지 얼마 안 된 학생들이 눈에 보이지 않는 세계를 움직이는 힘에 관해 알 턱이 없었다.

나 역시 대충 알고 있는 수준.

은둔 경제학 박사들이 논해놓은 구소련 멸망의 이유.

나도 접한 적이 있는 내용이었다.

“그건 바로 서구 자본의 맹렬한 공격 때문이었습니다.”

“교수님, 당시 소련은 공산주의 종주국이었습니다. 서구 자본의 공격 때문이 아니라 소련 국민들의 자유에 대한 열망 때문이 아니었을까요?”

뒤쪽에 앉아 있던 복학생 정도로 보이는 남학생이 반론을 했다.

“자유에 대한 열망이라… 그것도 일정 부분 맞겠죠. 하지만 궁극적으로 소련이 해체될 수밖에 없었던 이유는 석유금을 사용하는 자본들의 농락과 당시 소련 정부의 무지함에 기인하고 있습니다.”

“잘 이해가 가지 않습니다. 자본들의 농락이란 게 무엇을 말하는 겁니까?”

이 교수의 말이 잘 이해되지 않는 듯 다시 질문을 하는 학생.

하지만 이문석 교수의 말은 정확했다.

‘역시 그냥 얻어지는 것은 없음이 확실하다…….’

아무나 대학자 대우를 받는 것은 아니었다.

이문석 교수는 대학자다운 안목을 두루 갖추고 있었다.

익히 내가 접한 잡다한 세계사 정보와 이문석 교수의 의견은 일치하고 있었다.

"여러분은 태어나기 전의 일을 직접 피부로 느끼지 못할 겁니다. 당시 소련 국민은 빈궁한 삶에 시달렸습니다. 미국과 국제 석유 달러화 세력의 석유값 폭락 부추김으로 돈이 돌지 않았죠. 우크라이나 같은 곡창 지대에 풍년이 들었지만 사람은 빵만으로 살 수 없는 존재. 풍부한 자원과 석유를 팔아 국가 재정을 운영하던 소련이 석유값이 폭락하자 국민들은 굶주림에 시달리게 되었습니다. 공산주의의 낡은 생산성과 불균등한 배급 시스템도 일조했지만 정확한 이유는 석유를 팔아도 본전 건지는 게 불가능해지면서 망하게 된 겁니다. 제조업이나 다른 공산품으로는 자유세계의 경쟁자가 되지 못한 소련은… 자본에 철저하게 패배한 겁니다."

'석유 달러를 알고 계시군…….'

이문석 교수의 명쾌한 대답에 내 속이 다 시원해졌다.

미시와 거시를 떠나 세계적 흐름 속에서 파악되고 있는 경제 속성.

노교수의 계속되는 긴 설명에도 불구하고 흥미가 느껴졌다.

"교수님께서 말씀하신 것들은 저희가 알고 있는 세계사와 좀 다른 것 같습니다."

끝까지 이문석 교수의 말을 이해하지 못하고 있는 듯한

남학생.

"그렇겠지요. 경제라는 관념도 나이를 먹게 되면 자연스럽게 깨닫게 될 때가 옵니다. 여러분들은 아직 그런 연륜을 보일 때는 아니지요."

한결같이 웃음을 잃지 않고 있는 이문석 교수.

"쉽게 다시 예를 들어볼까요? 지금 달러가 왜 세계적 기축통화로 상용되게 되었을까요?

설명해도 이해를 못하자 이문석 교수는 이단 논법으로 다시 질문을 했다.

"군사력과 경제력이 바탕이 되면서 기축통화가 된 거라고 알고 있습니다."

이번에는 여학생이 대답을 했다.

역시 안경을 쓰고 있는 똘똘한 목소리의 학생이다.

"꽤 폭이 넓은 개념이군요. 좀 더 쉽게 설명해 볼 학생 없습니까?"

자칫 딱딱하고 지루하게 느껴질 만한 경제학 개론.

그러나 전혀 지루하거나 따분하다는 느낌이 들지 않는 에너지가 느껴지는 시간이다.

한국 고등학교에서도 토론식 수업이 이루어졌었다.

나에게는 차라리 이런 수업이 익숙한 시간.

"안타깝군요. 여기 앉아 있는 여러분 중 한두 명 정도는 그래도 달러가 왜 기축통화가 되었는지 정도는 대충이라도 알고 있을 거라고 생각했는데……."

노교수의 얼굴에서 진심으로 안타까워하는 표정이 읽혔다.

그것은 서울대학교에 입학한 젊은 인재들에 대한 기대와 비례하는 반응일 터였다.

'고견을 한번 들어보고 싶군.'

강의실에 처음 들어올 때의 마음과는 사뭇 달라져 있는 나의 상태.

예린이의 보디가드로서가 아니라 세계적 석학의 견해가 궁금한 순수한 청년 한 사람으로서 이 강의에 참여하고 싶어졌다.

스윽.

손을 들었다.

"미, 민아……."

갑작스러운 내 행동에 당황한 예린이.

"오! 그래. 거기 잘생긴 학생. 한번 말해보게."

이문석 교수는 교탁에 기대선 채 나를 향해 손으로 가리켰다.

사사사삭.

노교수의 손끝을 따라 앞을 향해 있던 강의실을 가득 메운 학생들의 시선이 나에게 향했다.

"어머!"

"누구야?"

"무슨 과 학생이야?"

"연예인 아니야?"

나중에 뒤쪽에 앉은 나와 예린이.

앞쪽에 앉았던 여학생들은 그제야 나를 확인하고 탄성을 질렀다.

몇몇 여학생들을 중심으로 작은 소란스러움이 주변으로 번져갔다.

가득이나 까칠하고 다른 여타 학생들과 말도 많이 섞지 않는 유예린 옆에 앉아 있던 나.

나는 자리에서 일어섰다.

'민아, 갑자기 왜…….'

순간 당황한 예린이.

옆에 앉아 전혀 어색하지 않은 폼으로 청강을 하고 있던 강민.

그가 갑자기 그렇게 손을 들 줄 미처 몰랐다.

정규 교육은 초등학교와 고등학교 생활 몇 개월이 고작인 강민.

자칫 말실수라도 하는 날에는 강의실에 앉아 있는 학생들에게 무시당할 수 있었다.

척 봐도 서울대 재학생이 아닌 것은 외모나 차림으로 봐도 짐작하고 남을 정도.

성공하기 위해 꼭 거쳐가야 하는 곳 정도로 인식되는 서울대 재학생들.

그들에게 연예인급 외모와 차림은 현재 머리가 빈 사람 취급을 받을 정도였다.

그런데 벌써 여학생들의 반응이 심상치 않다.

"구소련이 해체되면서 열다섯 개 독립국가로 모습을 바꾸게 된 것은 민족과 종교 때문입니다."

아무렇지도 않게 자리에서 일어난 강민의 입에서 담담하게 흘러나온 대답.

"흐음… 새롭군요. 그것도 하나의 이유가 될 수 있겠죠. 하지만 절대적 이유는 안 됩니다."

기대하던 대답이 나올 거라고 생각한 듯 살짝 실망하는 눈빛의 이문석 교수.

"앉아서 얘기해도 좋습니다. 꽤 긴 이야기가 될 겁니다."

"…네."

하긴 앞에서 먼저 몇 마디를 주고받은 학생들도 그대로 자리에 앉아 있었다.

나는 이문석 교수님의 말대로 다시 자리에 앉았다.
그리고 다시 말을 이었다.
"결정적인 이유는 교수님께서 지적하신 바와 같이 빈궁, 즉 국민들의 배고픔 때문입니다."
"왜 그렇게 생각하나?"
존칭어와 반발을 적절하게 섞어가며 얘기를 끌어내는 이문석 교수.
평소 강의 중에 어느 정도 흥이 돋워졌을 때 나타나는 이문석 교수의 말버릇이었다.
그런 상황을 전혀 모르고 있을 강민.
"북극곰은 타살되었습니다."
"타살?"
"소련이?"
'무슨 소리를 하고 있는 거지?'
예린이 걱정했던 순간이 벌어진 것 같았다.
분명 여러 학생들이 질문이나 대답과 전혀 다른 내용을 말하고 있다고 생각하고 있다.
상식 이상의 수준으로 알고 있는 내용은 거의 없는 대부분의 학생들.
수학과 영어, 국어, 과학에 관해서는 빠삭할지 모르지만 세계사 이면에 감춰진 내용에 관해서는 거의 무지한 상태다.

교과서에 나와 있지 않은 것들에는 더더욱 그랬다.

지금 강민과 이문석 교수는 세계사 이면의 것에 관해 얘기를 하고 있거나 아니면 강민이 노교수의 질문을 이해하지 못한 것이다.

예린은 마음이 초조해졌다.

강민이 그 누구보다 똑똑하다는 것은 알고 있다.

하지만 서울대 대강의실에서의 첫 청강.

상황이 어떻게 바뀔지 예상할 수 없어 알 수 없는 걱정만 앞섰다.

"타살? 정확한 표현이군."

'……!'

"소련의 석유 매장량은 사우디아라비아에 이어 세계 2위입니다. 1970년대 초에 소비에트연방공화국은 심각한 경기침체에 빠져 있던 시절이었습니다. 냉전 이데올로기에 빠져 미국이나 서방 진영과 무한군비 경쟁을 벌이던 시기였죠."

중저음의 듣기 좋은 강민의 목소리가 강의실에 낮게 울려 퍼졌다.

"그런 상황에서 1973년 10월 아랍연합국과 이스라엘의 4차 중동전쟁이 발발하게 됐습니다. 그 여파로 OPEC은 이

스라엘의 철수조건으로 석유가격을 올렸구요. 베럴당 10달러에서 40달러까지 순식간에 폭등했는데 그때 1차 오일쇼크가 발생했습니다."

"……."

강의실에 침묵이 이어졌다.

예린이의 콩콩거리던 심장도 진정이 되어갔다.

괜한 걱정을 한 듯 미안한 생각까지 들었다.

이렇게 깊숙이 세계사를 공부하는 학생들은 전공과목이 아닌 이상 드물었다.

들을수록 재미있고 흥미진진한 이야기들이 흘러나왔다.

학생들의 시선은 강민에 대한 호감과 호기심 가득한 눈빛으로 바뀌었다.

"이때 소련은 석유를 무기로 서방을 공격하는 정책에 힘입어 어부지리를 얻었고 엄청난 국부를 창출할 수 있었습니다. 경기침체에서 빠져나올 수 있었죠. 그리고 이어 1980년 9월 이라크의 이란 침공으로 2차 오일쇼크가 발생합니다. 이때 원유 가격이 또다시 두 배로 폭등하고 10년 사이에 가격은 여덟 배까지 급등했습니다."

'민아…….'

정확한 연도와 정보를 통해 이야기를 이어가는 강민의 모습은 이제 갓 스무 살이 된 청년으로 보이지 않았다.

노회한 경제 전문 교수에게도 밀리지 않는 언변과 포스.

예린의 심장이 다시 콩닥콩닥 뛰었다.

종전과는 다른 두근거림.

"원유값이 폭등하자 북극곰은 따로 사냥하지 않고 앉아서 배를 채우기 시작했습니다. 그 결과 사회적 시스템의 무능으로 부를 제대로 관리하지 못하고 비효율적인 산업에 막대한 돈을 투자하거나 정치적인 이유로 아프카니스탄을 침공해 천문학적인 돈을 낭비합니다. 부패는 만연했고 국민들의 빈부 격차도 커졌습니다."

"놀랍군. 해석 능력이 뛰어나. 그러나 그 정도로 북극곰이 타살되었다고 말할 수 없지 않겠나! 타살은 말 그대로 자살이 아니라 타살이니 말일세."

교탁에 기대 있던 이문석 교수님은 팔짱을 끼고 자세를 바꾸며 강민을 좀 더 자극했다.

좀 더 설득력 있게 스스로 알고 있는 것을 꺼내보라는 의미.

씨익.

'멋있어…….'

예상하고 있었다는 듯 전혀 당황하거나 기죽지 않는 상태에서 입가에 가벼운 미소를 짓는 강민.

그 모습을 바라보는 예린의 얼굴이 빨갛게 상기되었다.

세상 부족한 것 없고 부러울 것도 없는 예린이 강민에게서 빠져나오지 못하고 허우적거리는 게 모두 저 미소 때문이었다.

"당시 세상은 음과 양처럼 소련과 대립되는 미국이라는 존재가 있었습니다. 그들의 정치, 경제 상황을 파악하지 못한다면 반쪽짜리 이유가 되겠지요?"

"미국의 정치 상황이라! 흥미롭군. 자네 얘기를 계속 듣고 싶군."

큰 강의실에는 단지 두 사람만이 있는 듯 조용했다.

나머지 모든 학생들의 시선은 이문석 교수에게서 강민에게로 다시 옮겨졌다.

"소련이 홍청망청 돈을 벌고 있을 때 미국은 좀 달랐습니다. 그 반대였죠. 하지만 멍청하지 않았던 북극곰은 미국에서 엄청나게 달러를 벌어들였던 유럽에서 돈을 차용했습니다. 그 여파로 미국은 금에 대한 자국 달러가 평가 절하되면서 인플레이션이 시작됐고 중동전쟁이 석유전쟁으로 확산되면서 GDP 폭락, 실업률 폭등, 석유파동, 주식시장 붕괴 등 엄청난 인플레이션에 시달리게 되었습니다."

'도대체 어디까지 알고 있는 거야?'

오성그룹의 차기 후계자로 거론되고 있을 정도로 명석한 예린이도 짐작하지 못했던 세계 경제 흐름의 비화.

막힘없는 강민의 말에 예린이도 그간 몰랐던 것들을 새롭게 알아가고 있었다.

"사실 OPEC이 석유값을 폭등시켰던 이유는 달러에 대한 믿음 상실 때문이기도 했습니다. 베트남 전쟁을 통해 멍청한 북극곰의 아프카니스탄 전쟁처럼 국력을 낭비한 미국의 달러는 매력을 잃었으니까요. 1971년 프랑스와 스페인은 미국 달러화가 베트남 전쟁으로 남발되자 금 태환을 요구했고 당시 수만 톤이 넘던 미국 금 중에 8,000톤 정도만 남기고 세계 각국으로 뿌려졌습니다. 그러한 상황에서 달러라는 종이돈을 믿을 수 없었던 각국은 금을 요구했고, 1971년 8월 15일에 리처드 닉슨 대통령은 신경제 정책을 발표하며 금본위제를 폐지했습니다. 그런 이유의 연속으로 달러는 폭락했고 같은 시기 소련이 중동 전쟁으로 부를 쌓아올리는 동안 미국은 극도의 혼란에 빠지게 되었습니다."

"하하! 정확하게 날짜까지 알고 있군. 대단해! 대단해!"

짝짝.

이문석 교수는 오랜만에 말이 통하는 사람을 만난 듯 손뼉까지 쳤다.

하지만 아는 것이 없는 나머지 학생들로서는 어떤 반응을 보여야 할지도 모른 채 멍하니 이야기만 듣고 있었다.

"1972년 6월 17일 워터게이트 사건으로 1974년 8월 8일에 닉슨 대통령이 사임하고 포드 대통령은 재임에 실패합니다. 그리고 그 후 지미 카터 대통령이 취임했지만 베트남 전쟁에서부터 중동전쟁에 이르기까지 동원된 전쟁 비용으로 달러는 극심한 인플레이션에 계속 시달렸고 미국은 침체기를 맞습니다. 단면적인 예로 금 태환 폐지 전에 온스당 35달러였던 금값은 1980년 한때 860달러까지 기록합니다."

"맞네 맞아! 정말 힘들 때였지."

"그리고 북극곰을 타살시킨 미국 공화당 후보가 대통령이 되었습니다."

"로널드 레이건 대통령이었지……."

주거니 받거니 하며 강민과 이문석 교수님은 대화는 이어졌다.

"이렇게 당선된 레이건 대통령은 북극곰 타살을 위한 계획에 서명을 하게 됩니다."

"NSDD－66! 하하, 자네 그것도 알고 있나?"

"NSDD－66? 그게 뭐야?"

"그런 일이……."

신이난 이문석 교수님과 강민의 대화 속에 몇몇 학생도 동요하기 시작했다.

학교나 어떤 교육 환경에서는 전혀 접할 기회조차 없는

감춰진 세계의 흐름 이야기.

거의 강의실은 흥분과 감탄의 도가니가 돼가고 있었다.

단지 이문석 교수와 강민, 그리고 몇몇 학생의 반응에 불과했지만 말이다.

"금융과 고난이도 기술 및 천연가스를 이용해 소련 경제를 마비시킨다는 내용으로 금융 방법으로는 소련의 채권금리를 대폭 올려서 상환부담을 크게 하고, 장기채권 대신 단기채권에 대한 의존도를 높였습니다. 동시에 유럽과 사우디아라비아, 캐나다, 일본 등 미국의 동맹국에게 소련과의 천연가스 매입 계약, 첨단 기술 및 장비 수출을 금지 또는 제한토록 요구하였습니다. 이때 강력한 군사력으로 중동에 일고 있던 자유화 물결을 차단하고 왕권을 보장한다는 내용을 사우디아라비아와 체결하고 원유 생산량을 네 배로 증가시켜 배럴당 20달러까지 폭락시키는 데 성공합니다. 금에 의해 보장되는 달러가 아닌 석유에 의해 달러가 보장되는 석유달러의 등장이 바로 이때 이루어졌습니다."

"너무나 잘 알고 있군……."

이문석 교수는 감탄을 넘어 경악하는 모습이었다.

"그때 당시 소련 정부가 일찍 깨달았다면 타살까지는 가지 않았을 테지만 진행된 정치권과 군부의 부패로 미국의 스타워즈 계획에 휘말려 마지막 자멸의 순간을 맞습니다.

그 이외에도 1990년 10월 3일 소련의 경제적 지원을 받지 못한 동독이 서독과 합쳐졌고 1992년 1월 1일 구 소비에트 연방이라 불렸던 북극곰은 타살돼 열다섯 개의 고기 덩어리로 나뉘어졌습니다."

짝짝짝짝.

"대단해! 정말 대단한 식견일세! 하하하."

힘껏 박수를 치며 지금껏 한 번도 보인 적 없는 호탕한 웃음을 터뜨리는 이문석 교수.

"……."

노교수의 반응과는 전혀 다르게 학생들은 지금껏 이문석 교수와 강민이 주고받은 얘기가 처음 어떻게 시작되었는지도 잊어버릴 정도로 멍한 표정이었다.

나름 스스로를 최고의 수재라 생각했던 이들.

자신들의 지식 수준과 제대로 대비되는 한 남학생의 출현에 할말을 잃은 것이다.

"교수님, 제 답변이 만족스러우셨다면 이번에는 제가 교수님께 한 가지 여쭤봐도 되겠습니다?"

"……??"

갑작스러운 강민의 말.

이문석 교수는 살짝 어깨를 추켜세우는 모습을 보였다.

예린의 눈은 더 크게 떠졌고 역시 강민에게서 시선을 떼지 못했다.

겪으면 겪을수록 강민의 끝을 알 수 없는 묘한 매력에 끌렸다.

오늘 이 시간만 봐도 생각했던 것보다 훨씬 뛰어난 가능성이 잠재되어 있는 사람임은 분명해졌다.

"그래 뭐가 궁금한가? 내가 아는 바라면 기꺼이 성심껏 답변을 하겠네."

"왜 그러셨습니까……?"

앞뒤 없는 강민의 말 한마디.

담담하면서도 언뜻 차가운 기운이 도는 질문이었다.

"무엇을 말인가……."

순간 질문을 받은 이문석 교수의 얼굴에 활짝 번져 있던 웃음기가 천천히 사라졌다.

알 수 없는 질문의 요지를 짐작한 듯한 표정.

"석유달러에 의해 종이돈이 세상에서 판을 칠 때 왜 금융개방을 서둘렀고, 엄청난 국부를 유출시켜 국민들을 거지로 만들었는지. 당시 경제 정책 현장에 있던 교수님께 묻고 싶습니다."

"헉!"

"IMF……."

"음……."

강의실에 있던 학생들의 입에서 신음이 흘러나왔다.

경영학과를 비롯한 경상 쪽 계열에서는 이문석 교수님께 IMF에 대한 질문을 하지 않는 게 불문율처럼 지켜지고 있었다.

대한민국 최고 석학이 중심이 되어 벌어졌던 국가적 수치.

입학생이 되면 어느 정도 시간이 흐른 후에 자연스럽게 알게 되기 때문에 절대 질문하지 않았다.

수십 년 동안 학교에 몸담다 명예 퇴임한 교수님에 대한 예의였다.

그러나 오늘 전혀 예상치 못한 자리에서 조용히 지켜지고 있던 금기사항이 깨졌다.

"자네, 이름이 뭔가?"

잠깐의 침묵이 흐른 뒤 노교수가 입을 열었다.

"강민입니다."

"가, 강민?"

"허억! 설마 그 강민!"

"마, 맞아! 강민이다!"

강민의 이름이 강의실에 다시 한 번 울리자 일제히 고개를 돌려 눈을 크게 뜬 채 쳐다보았다.

3년 전 세상을 떠들썩하게 했던 인물.

각종 언론을 화려하게 장식했던 시대 마지막 남은 영웅으로 회자되던 강민.

그가 지금 서울대 경제학과 강의실에 서 있었다.

제7장

우리가 찾는 천국

"강민이라… 좋은 이름이군."

질문에 대한 답을 하기에 앞서 강민의 이름을 듣고 호의를 표하는 이문석 교수.

대화를 나누는 과정 중에서도 수많은 의문이 들었었다.

헤지펀드를 비롯한 핫머니 자금에 금융시장을 개방해 나라의 국부를 절단 낼 만큼 어리석은 사람이 아니라는 것이다.

자조적이면서 회한의 표정이 얼굴 가득 드리워져 있다.

심리적인 괴로움의 강도가 커질 때 사람의 표정에 나타

나는 얼굴 모습.

일말의 양심 같은 것도 없는 사람이었다면 이런 상황에서 벌컥 화를 내며 나의 질문을 무시해 버렸을 것이다.

그러나 이문석 교수의 태도에서는 전혀 그런 기색이 보이지 않는다.

뚜벅뚜벅.

대신 칠판 앞으로 천천히 걸음을 옮겼다.

스윽.

그리고 분필 하나를 집어 들고 칠판 가운데에 자리를 잡았다.

그윽 그그극.

칠판 중앙에 큼지막하게 쓰기 시작한 한자.

전쟁(戰爭)과 생존(生存).

무엇을 말하려는지 모르지만 평범한 한자가 씌어졌다.

"여러분께 질문 한 가지를 하죠. 경제란 무엇이라고 생각합니까?"

내가 한 질문에 대한 답은 아직 나오지 않았다.

이문석 교수가 대답을 회피하는 것 같지는 않지만 방향이 좀 다른 질문을 하고 있었다.

"인류 생활에 필요한 재화나 용역을 생산, 분배, 소비하는 모든 활동입니다. 그리고 그 활동에 관련한 모든 사회적 현상을 경제라고 배웠습니다."

맨 앞줄에 앉아 있는 작은 체구의 여학생이 대답했다.

지극히 교과서적인 대답.

"맞아요. 경제의 의미만 풀자면 그 정도 의미겠지요. 그리고 그런 경제 정의가 궁극적으로 말하는 바는 결국 인류가 어떻게 먹고사느냐를 해결하는가 하는 생존의 문제로 떨어질 것이고……."

차분한 목소리로 정리해 설명해 나가는 이문석 교수.

"강민 군, 내 대답이 기다려지겠지만 잠시 기다려 주겠나?"

"네, 교수님."

질문자에 대한 배려 또한 잊지 않았다.

"지금 전 세계 시장 경제가 어떤 상황에 처해 있는지 혹시 여러분은 알고 있습니까?"

"……."

평이한 질문 같았지만 이문석 교수의 표정은 심각했다.

물론 나는 지금 이문석 교수가 던진 말이 얼마나 큰 심각한 문제를 내포하고 있는 질문인지 알고 있었다.

'개판 오 분 전이죠.'

나는 속으로 되뇌었다.

지난밤 예린이의 방문 이후 컴퓨터 앞에서 시간을 좀 보냈다.

예전에 가입해 두었던 네이것 비밀 카페에 다시 접속을 한 것.

그곳이 바로 은둔 경제학 박사들의 은거지인 비밀 카페다.

세계 각 경제를 앉은 자리에서 한눈에 보고 있는 듯한 천여 명의 회원이 정보를 공유하는 곳이다.

아무나 회원이 될 수도 없는 카페.

우연찮게 찾아들어 갔다 5개 국어를 다 써 자기 소개서를 제출하고 난 뒤 비밀서약까지 하고 가입이 수락되었다.

카페 전문 회원들은 한목소리로 말하고 있었다.

현재 세계 경제가 미친 또라이 개판 오 분 전 상태라고.

냉철한 이성을 초석으로 한 경제 성장이 아닌 것이다.

나만 아니면 된다는 심리에서 시작된 개인과 사회, 나아가 국가들의 무한 빚 떠넘기기 작정으로 회복 불능의 상태에 빠져 있다.

경제라는 것은 언제나 제로섬 게임의 가장 핵심적인 재료.

금과 식량, 석유와 같은 실물 자원은 유한하다.

한정되어 있는 실물 자원의 가치를 선물이라는 말도 안 되는 가상 자원으로 대체해 돈 놓고 돈 먹기 게임의 상품으로 쓰면서 실제 경제 흐름을 크게 왜곡시켰다.

실제 한 개의 물건을 무려 열 배 이상으로 뻥튀기해서 사고파는 선물 계약들이 판치고 있는 것이다.

이런 상황은 금융권들도 예외가 아니었다.

10만 원의 적금이 들어오면 그것을 담보로 100만 원의 신용을 창출하고 대출을 실행해 주었다.

숫자로만 오가는 거래들이 실재 현실에 200프로의 영향을 주면서 거짓 경제가 실재처럼 판치는 것이다.

현재 세계는 더 이상 부풀릴 수 없는 신용금융의 한계에 와 있었다.

이런 내용이 보이지 않는 곳에서 더 정확하게 세계 경제를 분석하고 있는 전문가들이 내놓는 말이었다.

그리고…….

"눈에 보이는 것보다 보이지 않는 곳에서의 움직임을 더 두려워해야 합니다. 전쟁을 예로 들어 생각해 보면 이해가 쉬울 겁니다. 조금 전 강민 군과 나누었던 러시아 불곰 살해 사건과 같은 일들이 도처에서 벌어지고 있습니다. 경제학적 용어로 말하면 화폐전쟁입니다."

'화폐전쟁…….'

하긴 그날 검색한 내용에서도 비슷한 뉘앙스의 말들이 있었다.

세상은 지금 규모를 짐작할 수 없을 정도의 전쟁을 치르고 있다고 했다.

눈에 보이는 총칼보다 더 잔악하고 무서운 전쟁의 소용돌이 한복판에 와 있다는 것이다.

그 전쟁에서 패하면 나와 이웃뿐만 아니라 국가가 거지꼴이 돼버리는 전쟁.

거의 모든 국가의 국민이 기아에 허덕이게 될 정도로 세계가 하나로 연결돼 있는 상황에서의 경제전쟁은 무시무시하다.

"대략 여러분도 알고 있다시피 리보, 유가, 식량 등 실물거래가 아닌 세상 대부분의 선물 시장은 조작되어 왔고 여전히 현상 유지를 하고 있습니다. 아니 더 커졌다고 봐야 하겠지요. 한마디로 보이지 않는 힘에 의해 인류는 아슬아슬하게 살고 있는 것입니다."

"조, 조작?"

"말도 안 돼……."

이문석 교수의 단호한 말투와 표정에 강의를 듣고 있던 학생들 사이에서 동요가 일었다.

'놀라기는…….'

대부분 세상이 공평한 진리를 바탕으로 굴러간다고 믿는 순수한 청춘들.

충격적일 만도 할 것이다.

아메리카라는 거대 전함의 조타수가 아메리카 정부가 아니라 개인은행이라는 사실을 알고도 그 심각성을 인지하지 못한 채 살아가는 게 세계의 모든 민간인이다.

상상할 수 없는 일이다.

일개 민간은행인 연방준비은행이 세계 모든 부의 가치를 결정하고 있다.

본래 개인은행이라는 것은 이익을 창출해 내기 위해 만들어진 이익 단체.

과연 소수 인원의 이익을 위해 만들어진 그들이 선량한 의무와 주의를 기울여 연줄도 없는 다수의 수익을 보장한다는 게 가능한가.

넌센스다.

"교수님, 너무 비관적 시각이 아닐까요? 전 세계는 현재 지구촌화되어 있습니다. 아시다시피 네트워크로 연결된 세계는 바로 옆에 있는 이웃처럼 가깝습니다. 세계 각국에서 무슨 일이 일어나는지 하루가 시작되면서 전 세계 사람이 다 알게 되는 게 요즘 세상입니다. 그런데 이런 세상에서 조작을 한다는 게 가능할까요?"

이번에는 야전 군복 상의를 걸친 복학생으로 보이는 남학생이 손을 들며 말했다.

"좋아요. 그럼 제군은 전 세계가 창출하는 1년 동안의 GDP가 얼마나 된다고 보나?"

이문석 교수가 질문을 한 학생에게 다시 물었다.

"얼마 전 리포트 제출 때문에 알아본 바에 의하면 약 70조 달러라고 합니다."

역시 이제 갓 입학한 신입생들과는 차이가 있는 남학생의 대답.

"잘 알고 있군. 그럼 파생상품 규모는 얼마나 될 거라고 보는가?"

"……."

이문석 교수의 연관된 또 다른 질문에는 답을 하지 못하는 남학생.

"쉽게 설명을 해주죠. 세계적 불황에도 유럽에서 가장 견고한 경제력을 유지하는 독일의 2012년 GDP는 3조 4787억 달러 정도 됩니다. 세계 4위 규모라고 할 수 있죠. 이런 독일은 현존하는 세계 각국 중 가장 건전한 재정 흐름을 보이는 상위 그룹입니다. 그런 독일의 최대 민간은행이 세계적으로 굴리고 있는 파생상품 규모가 얼마나 될 거라고 생각합니까?"

2008년 미국발 금융위기의 원흉이라는 파생상품.

당시 파생상품을 취급하던 대형 투자은행이나 펀드가 서브프라임으로 인한 부동산 거품 파열로 직격탄을 맞았다.

세상 돌아가는 판을 좀 알고 싶어 접했던 경제.

나 역시 그때 상황에 대한 내용들을 똑똑히 기억하고 있었다.

당시 돈도 없는 실업자들에게까지 주택 대출을 해주었고 문제가 커지면서 하루아침에 미국 경제가 휘청거렸다.

한 은행에서 창출한 금융상품을 몇 단계 건너 뛰어 판매하면서 그 상품은 수십 배로 부풀려졌다.

즉 100원짜리 과자 한 봉지 값에 거의 3만 원 이상의 거품이 끼게 된 것.

그리고…….

'아직도 현재 진행 중인 게 문제지…….'

끝나지 않은 당시 부동산과 금융 버블.

연방준비은행을 비롯해 각국 중앙은행은 엄청난 머니 프린팅을 통해 임시 봉합에 나섰다.

하지만 현재는 그 봉합해 놓은 자리가 곪을 대로 곪아 있다는 사실.

당시 미국뿐만 아니라 유럽의 강국인 스페인, 이탈리아, 영국, 노르웨이 등.

일본을 제외한 전 세계 각국에 금융 거품이 발생했다.

달러가 원화보다 잘나가는 대한민국도 그 폭풍에서 비켜 갈 수 없었고 그 결과 아파트값이 몇 배로 뛰었다.

우리나라도 미국 서브프라임을 두고 뭐라고 할 수 없는 입장인 것이다.

결국 세상에 넘쳐나는 거짓 돈들이 우리나라를 망쳐놓은 것이다.

그것도 제대로 거품이 붙어 기형적으로 형성된 부동산.

게다가 요람에서 무덤까지 복지를 주장하던 선진 유럽 국가들이 쫄딱 망하고 있다.

실업률 10프로 대는 옛이야기가 됐다.

선박 강국 그리스의 청년 실업률은 60프로 대.

한때 무적함대를 자랑하던 스페인은 55프로, 이탈리아, 포르투갈이 40프로.

미국의 실제 실업률은 25프로 대다.

대한민국의 사정도 이들 선진국과 크게 다르지 않다.

88만 원 세대라고 불릴 만큼 청년 선배들의 현실은 앞이 캄캄할 정도다.

암울함의 극치를 달리고 있었다.

"70조 달러네."

"헉!"

"7, 70조……."

"어때! 여러분이 생각하기에도 많다고 느껴지나? 유럽 강국 독일이 창출할 수 있는 1년 총재화의 열 배 정도가 금융상품이 돼 돌아다니고 있다는 말일세. 그리고 전 세계적으로 대략 1,200조에서 1,600조 달러 사이의 파생상품이 존재한다고 보고 있지. 사실 정확한 규모는 아마 신들도 모르고 있을 걸세."

"음……."

"……."

말이 좋아 1,000조 달러지, 대한민국 돈으로 환산하자면 무려 100경에 달했다.

그것도 대략적으로 집계한 것이니 실재 수백 조 달러의 오차를 보일 것이다.

세상은 그야말로 미쳐 있었다.

"그리고 시급한 문제는 그 파생상품이 현재 문제를 발생시키고 있다는 겁니다. 부가 계속 창출되어야만 유지될 수 있는 금융상품들의 특성과 문제점이 드러난 것이죠. 계속해서 거품을 발생시켜 줄 재료인 경제 성장과 신용창출이 각 국가와 개인이 갖고 있는 부채로 인해 동맥경화에 걸린 겁니다. 2000년대 초, IT 개발과 같은 획기적인 이슈거리가 필요하지만, 현재 세계 상황은 전혀 그런 요소를 찾아볼 수가 없습니다. 인류의 후손들이 사용할 미래 자원까지 끌어와 홍청망청 쓴 대가로 현재 모습은 언 발에 오줌을 싸고 있는 모양이죠. 그러니 남아 있는 것이라고 무엇이겠습니까. 엄청난 파국밖에 없는 겁니다."

담담하게 얘기하고 있었지만 이문석 교수의 말은 날카로웠다.

감히 학생들은 이런 노교수의 말을 듣고 입을 열지도 못했다.

숨도 제대로 쉬지 못할 만큼 위협적인 자신들의 미래를 엿본 느낌이리라.

"교, 교수님 말씀을 듣고 있다 보니 세상은 곧 엄청난 파멸의 길을 걷게 될 것 같은 불안감이 엄습합니다. 너무 비관적인 견해 같아요."

"네, 맞아요 교수님. 지금 세계적으로 경제 상태가 좋지 않다는 것은 알겠지만 각국 정상들과 전문 경제관료들이 잘 이끌고 있잖아요. 석유값도 안정돼 있고……."

"유럽에 닥친 위기도 유럽 강국들의 협조로 무난하게 지나갈 거라고 알고 있습니다. 석유나 금, 각종 실물들이 안정되어 있는 게 아닙니까? 세계 각국의 전문가들이 바보는 아는데… 파국까지……."

그래도 말문이 트이자 용기 있는 몇몇 학생이 한마디씩

쏟아냈다.

갑작스럽게 느껴진 불안감의 반증적 태도다.

"그럼, 한 가지 묻겠습니다."

"네……."

학생들을 한 번씩 쳐다보며 질문을 하겠다는 이문석 교수.

"가정해 봅시다. 본인 가정의 1년 수입이 1억이라고 해 봅시다. 빚이 4억이에요. 언제 갚을 수 있겠습니까?

"네?"

"그것뿐만 아닙니다. 연간 생계 유지비와 의료비를 포함한 고정 생활비 등이 1억 5천 정도 지출된다고 볼 때 빚은 줄 수 있겠습니까?"

"어, 없습니다."

당연한 대답이었다.

하나도 쓰지 않고 빚을 갚아도 모자랄 판이다.

그러나 사는 동안 빚을 더 내며 살아야 한다면 기존에 있던 빚을 갚는 건 불가능해진다.

"연대보증이라는 것을 알고 있습니까?"

"아, 알고 있습니다."

할 말이 없어진 학생들은 대답을 하는데도 말을 더듬었다.

"그렇습니다. 현재 세계 인류 구성원은 모두 연대보증으로 묶여 있습니다. 말이 좋아 지구촌이라고 말하는 것입니다. 석유 달러라는 거대한 자본에 의해 창출된 피할 수 없는 거대 침몰선에 합승해 있는 격이죠. 유럽의 양털 깎기가 어느 정도 마무리됐지만 미국이라는 거대 함선의 침몰을 막을 수는 없습니다."

이문석 교수는 전체 강의실을 한 번 쭉 훑었다.

그리고 나와 눈이 마주쳤다.

"그렇다면 다음은 어디겠습니까? 배를 움켜쥐고 안 입고 안 먹고 호화스러웠던 일상을 포기할 수 있겠습니까?"

이문석 교수는 팔짱을 끼고 교단에서 천천히 걸음을 옮기며 말을 계속 이었다.

"아닙니다. 절대 그럴 만한 자신이 없습니다. 거대 함선에서의 생활도, 침몰 직전의 배도 버릴 생각이… 세상이 지금 이렇습니다. 사람들은 말합니다. 모두 빚에 허덕이면서도 지금껏 누리던 그 무엇 하나 포기하지 못하고 빚이 해결되기만을 원하는 어린아이와 같은 사고를 갖고 세상을 살아가고 있습니다."

노교수는 옮기던 걸음을 멈추고 한 자리에 섰다.

얇은 바늘 하나가 떨어진다 해도 그 소리가 맨 뒤쪽까지 들릴 만큼 대강의실은 침묵에 휩싸였다.

그리고 노교수의 낮고 조용한 목소리가 강의실에 번졌다.

"…그리고 그들의 다음 목표는 아시아입니다."

"……."

'그렇군. 그거였어.'

나는 등골이 서늘해지는 것을 느꼈다.

그들도 이문석 교수와 같은 말로 열변을 토하며 의견을 주고받고 있었다.

그 자리에서 나는 어떤 결론도 내리지 않고 컴퓨터 전원을 내렸었다.

"그 누구도 믿지 마십시오. 잘나가던 일본이 플라자 합의 후에 얼마나 경제적으로 타격을 입었는지 여러분이 더 잘 알겁니다. 미국에 이은 세계 2위 경제 대국이 환율합의 이후 10년, 아니 지금까지 30년에 이른 장기 불황에 빠졌겠습니까. 하루아침에 세수의 23배에 이르는 엄청난 빚쟁이가 되었습니다."

학생들 스스로 자신의 사고 수준으로 답을 도출해 낼 수 있도록 이문석 교수는 질문임과 동시에 답인 말들을 하고 있었다.

"저는 똑똑히 보았습니다. 보기 좋게 살집이 오른 양 한 마리를 굶주린 늑대들이 어떻게 잡아먹는지 말입니다."

파바밧.

순간 나는 보았다.

이문석 교수의 눈에서 분노의 광채가 비쳤다.

"이제 강민 군의 질문에 답을 해볼까요."

노교수의 시선이 나에게로 향했다.

'기가 장난이 아니시군.'

노구의 몸에서 저렇듯 강렬한 기세가 발산되는 것으로 봐서 예사 인물이 아니었다.

아무리 건장한 사내라 해도 나이 서른을 기점으로 꺾이기 시작하는 혈기.

분명 일흔이 넘는 노구의 몸.

그런 이문석 교수의 주변에서 이십대 못지않은 뜨거운 열정의 기운이 감지되고 있었다.

그것은 한이나 분노로 응집된 거친 기운.

"미국에서 공부를 마치고 나서 난 알았습니다. 자유 민주주의와 자본주의라는 미명하에 행해지는 수많은 불합리함을 말입니다."

분노를 넘어선 이문석 교수의 눈빛에서 이 시대를 살아가는 젊은이들을 진정 사랑하는 한 사람의 진심 어린 마음이 엿보였다.

"인류는 과거부터 현재까지 약육강식의 대초원과 다를

바 없는 세상을 살아왔습니다. 자신의 배를 채우기 위해서는 다른 이들의 목숨 따위 개의치 않습니다. 민주주의의 허용된 다른 모습이지요. 공부를 마치고 돌아와 국가 정책에 이바지하고자 했습니다. 더욱 공부에 매진했고 세상 돌아가는 경제 그래프를 읽기 시작했습니다. 그때 기회가 왔습니다."

익히 알고 있는 김일삼 대통령 시기 때 경제 관료로서의 정치 참여.

"그간 익혀둔 지식과 경험을 총동원해 충분히는 아니더라도 어느 정도 구린 돈의 야욕을 분쇄시킬 수 있을 거라고 생각했습니다. 일본처럼 속을 착실하게 불려가던 대한민국을 노리는 허기를 느끼던 늑대들로부터 보호할 수 있을 거라는 자신감이 넘쳤던 시절이었습니다."

'그렇다면… 알고서도 당했다는 말이군…….'

비분강개한 표정에서 벌써 20년을 넘기고 있는 IMF 당시 이문석 교수의 심정이 어떠했는지 짐작할 수 있었다.

"세상에 알려진 여러 음모론의 주인공들, 그러니까 주도적 단체들은 실제 존재합니다. 늑대와 양치기 소년처럼 교묘하게 언론에 노출되면서 사람들을 무감각하게 만듭니다. 지금도 여전히 그들은 자신들의 배를 채우기 위해 엄청난 음모를 진행시키고 있습니다. 1997년에 당한 IMF는 그들이치는 장난의 워밍업 정도에 불과합니다. 당시 수많은 사람이 파산하고 가정 또한 붕괴되었습니다. 은행과 국영기업, 대기업 할 것 없이 나라의 국보들까지 헐값에 팔려나갔습니다. 지금도 회수되지 못하고 있습니다. 게다가 88만 원 세대를 양산하기까지 했지만 그들이 만들어낸 음모의 규모에서 대한민국이 겪은 일들은 심심풀이 땅콩 정도 신세일 뿐입니다."

현재까지도 국내기업을 평가할 때 무역강국이라고 소리치고 있는 우리나라.

그러나 내실 없는 수출 주도형으로 버티고 있는 한국 경제다.

세계 시장이 한번 격변하게 되면 대한민국이 입게 될 타격은 이문석 교수의 말대로 엄청날 것이다.

앞서 1997년에 직접 경험한 바가 있지 않은가.

"당시 어느 정도 대비를 하고 있었기 때문에 막아보려 애썼습니다. 선진금융기법이라 불리는 사기술이 아닌 내수를 육성해 경제를 탄탄한 반석 위에 올리려 했지요. 하지만……."

차마 말을 잇지 못하고 잠시 숨을 몰아쉬는 이문석 교수.

"전화 한 통, 전화 한 통으로 모든 게 끝났습니다. 금융시장을 개방하지 않는다면 신용평가 기관을 통해 정크 본드 수준으로 대한민국의 신용을 하향 조정하겠다는 경고가 날아온 겁니다. 당시 상당수 정치인과 경제 관료가 이미 더러운 돈 맛을 본 상태였고 그런 그들은 IMF 때도 달러 매집과 헐값으로 알짜 기업들의 주식이나 부동산을 사들여 뒤로 엄청난 부를 축적하고 있었을 정도니까요."

'현장에서 그 모든 것을 다 확인한 셈이군. 그 정도일 줄이야…….'

국민들은 상상도 할 수 없었던 일들이 실제 벌어지고 있었다는 말이다.

"조세 피난처에 흘러 들어간 800조에 가까운 엄청난 돈은 그런 방식으로 대부분 만들어졌습니다."

이문석 교수는 급기야 조세 피난처라는 말까지 내뱉었다.

"……."

"세, 세상에 그런 일이……."

"도대체 어떻게……."

당사자의 입을 통해 듣게 된 사실들에 거의 공황장애 수준에 빠져든 서울대 수재들.

믿기지 않는 것이다.

"비단 대한민국만의 문제는 아닙니다. 전 세계 금융자산 총액이 94조 7천억 달러 정도 되는데 그중 조세 피난처에

18조 5천억 달러가 숨어 있습니다. 아마 이곳에 있는 여러 분들의 가족 중에도 그런 분들이 있을 겁니다."

어린 학생들을 앞에 두고 강의를 하고 있지만 절대 예의를 저버리지 않는 이문석 교수.

깐깐한 구석이 있었지만 뜨거운 가슴을 소유한 진짜 지성인임을 알 수 있었다.

"힘이 없으면 세상은 결코 행복한 곳이 아닙니다."

"……?"

"욕망이라는 이름으로 굴러가는 전차 앞에서 우리 모두는 자신 스스로를 지켜낼 수 있는 역량을 키워야 합니다."

'그거였군…….'

"그래서 아직도 강단을 떠나지 못하고 이렇게 배회하고 있습니다……."

결의를 다지는 듯한 눈빛으로 다시 대강의실을 가득 메운 학생들을 훑어보았다.

"세상에 영원한 것은 없습니다. 돈도 사랑도 명예도… 상투적인 말들이 되어버린 지 오래지만 그 어떤 것도 무한하지 않습니다."

나는 지금 제대로 세상을 살아온 인생 선배에게 진정한 삶에 대한 이야기를 듣고 있었다.

운이 좋은 날임에 분명하다.

또한 잘못 알고 있던 사실도 알게 된 오늘.

"지금 이 순간도 흘러간 모든 순간들의 일부일 뿐입니다."

"……!!"

"불황도 경제의 한 면입니다. 그러니 결코 달콤한 열매만을 따먹을 수는 없지 않겠습니까. 이제 세계는 추수가 끝나고 길고 긴 겨울을 맞이하고 있는 겁니다. 그걸 모두 음모론자의 탓으로만 매도할 수는 없습니다. 여러분들 역시 신용이라는 미래의 부를 당겨 쓴 공범자임은 부인할 수 없을 테니까요."

'공범자라… 그렇군.'

세계 어느 곳을 가도 사람 대접 받는 대한민국 국민.

한강의 기적을 일으키며 세계 10위 안의 무역 대국이 되었다.

하지만 완숙한 열매를 기다리는 대신 빚을 내어 달콤한 안락을 추구했다.

이문석 교수의 말대로 세상 사람 대부분이 인내와 절제보다 현재의 편리함과 안락, 쾌락을 구했다.

그 결과 길고 긴 경제 불황의 시대를 눈앞에 두고 있다.

"내 나이쯤 되면 세상 모든 게 자연의 이치와 다를 바 없이 순환한다는 것을 본능적으로 알게 됩니다."

삶의 연륜이 묻어나는 눈빛과 표정.

이문석 교수의 말 한마디 한마디는 이제 막 청소년기를 벗어난 청년들에게 자극을 주기에 충분했다.

"과거 부모 세대, 그리고 내가 태어난 베이비붐 세대. 또 여러분 세대와 그 후손들 세대. 그 모든 세대가 별반 다르지 않은 고통과 축복을 맛볼 겁니다."

'돌고 도는 게 인생이라고 했으니까… 그러겠지.'

어쩌면 앞으로 닥칠 세상이 더 힘겨울지도 모른다는 생각이 들었다.

과거 부모님 세대는 엄청난 경제 성장을 발판으로 몸만 움직이면 모든 게 돈이 되던 시대였다.

가난에서 벗어나기 위해 애쓰는 만큼 먹고살 수 있는 길이 열렸다.

"집 한 칸에 옹기종기 모여 살던 시절에도 마음은 여유가 있었고 평화로웠습니다. 아니, 사실 지금처럼 조금만 일해도 먹고사는 걱정은 안 해도 되는 세대는 알 수 없는 평화가 존재했습니다. 조상들이 말한 넘치지도 모자라지도 않는 적정한 부가 내 어린 시절에는 분명 있었습니다."

풍요를 말하는 것이리라.

먹는 것은 궁하고 경제적으로는 낙후되어 있었을지 모르지만 정신적으로 이웃들과 교감하는 모든 것은 풍요로웠던 시대다.

지금의 말을 빌리지만 그 시절은 슬로우 라이프 스타일이 가능했던 때.

"주변 사람들, 부모와 형제들에게 무관심한 삶. 오직 나만을 위한 개인주의적인 자세가 경제 불황을 초래했다고 하면 이해하기 힘들겠지요?"

경제학 원론을 넘어서는 인간 본성에 관한 철학적 영역까지 파고 들어가는 이문석 교수의 강의.

여전히 강의실은 쥐죽은 듯 조용했다.

시간이 얼마나 흘렀는지 짐작할 수도 없었다.

"나를 없애고 우리라는 개념을 다시 확립하는 그 순간을 위해 신들이 휘두르는 채찍을 잘 견뎌내기를 바랍니다."

결국 하나를 통하면 모든 물리에서 통한다고 했다.

한 우물을 판 사람들에게는 분명 뭔가 특별한 게 있는 법.

이문석 교수 역시 그런 인물 중 한 분이었다.

"나야 살날이 얼마 남지 않았지만 여러분은 아직도 감당하며 헤쳐 나가야 할 미래가 많이 남아 있습니다. 행사할 수 있는 권리를 먼저 찾기보다 의무와 책임을 다한 후에 권리가 주어진다는 사실을 잊지 마십시오. 젊은 청춘들이 가장 많이 착각하는 것이 이것입니다."

'아…….'

그랬다.

나 역시 어떤 권리를 찾기 위해 양 도사에게서 빠져나갈 궁리만 했던 순간이 있었다.

양 도사 역시 이문석 교수와 비슷한 말을 한 적이 있었다.

책임과 의무를 다한 후에 네 권리를 주장하라.

그때는 그 말이 피부에 와닿지 않았었다.

양 도사가 요구하는 책임과 의무란 것이 거의 모두 양 도사가 시키는 말도 안 되는 갖은 노동들.

그것들을 하고 난 후에야 가르침을 빙자해 이것저것 소스를 던져주곤 했다.

"오늘 이 강의실에서 듣게 된 것을 잘 기억하십시오. 전 국민의 97프로가 행복하다고 말하는 부탄도 결국 강국이 아닙니다. 진정한 부는 물질이 아닌 비물질, 즉 마음이라는 것을 깨닫길 바랍니다. 그리고 주변을 둘러보고 대한민국 미래를 이끌어갈 지도자로 육성되는 여러분 스스로의 마음을 단련시키십시오. 그렇게 되면 우리는, 모두 행복해질 것입니다."

괜히 서울대학 경제학 교수가 아니었다.

후학에 대한 애정과 진정 나라를 사랑하는 마음이 없다

면 내가 던진 질문 하나에 이토록 진실성 있게 답하지 않았을 것이다.

'존경스럽습니다.'

나는 진심으로 이문석 교수의 모습이 존경스러웠다.

"모두가 행복을 느낄 때, 나 또한 행복하다는 사실을 알게 된다면 분명 오늘 이 자리에 내가 서 있었다는 사실이 보람될 것입니다. 아마 죽어서라도 기뻐할 수 있겠지요."

강의실 분위기는 일순간 숙연해졌다.

평생을 교단에서 보낸 노회한 경제학자의 당부와 애정에 할 말을 잃은 것이다.

인정하고 싶지 않아도 여기 앉아 있는 이들로 인해 대한민국의 미래가 또 계획되고 굴러가게 될 것이다.

세상은 결국 천재 0.1프로를 알아보는 1프로의 사람들로 변화가 시작되는 법.

또 1프로를 눈치 빠르게 따르는 10프로의 선두 그룹을 중심으로 변화의 물살은 형성되고 나머지 88.9프로는 그들이 창조해 놓은 시장 안에서 살아가게 된다.

이 역시 설악산 너와집에서 생활할 당시 양 도사가 호언장담하던 말이었다.

인류 역사 이래 그 어떤 사회체제에서도 사라지지 않고 존재해 왔던 법칙이라는 것이다.

이문석 교수는 지금 대놓고 강의실에 앉아 있는 모든 청강생을 대상으로 대한민국의 미래를 부탁하고 있었다.

'은근 감동이었어…….'

"강민 군, 충분한 대답이 되었는가……?"

정확하게 나에게 시선을 고정한 채 묻는 이문석 교수.

파파밧.

거리를 두고 눈빛과 눈빛을 교환했다.

스윽.

나는 자리에서 다시 일어섰다.

지금까지 이문석 교수의 강의에 귀를 기울이고 있던 학생들의 시선이 일제히 뒤로 쏠렸다.

내가 서울대학교 재학생이 아님을 이미 모두 알고 있었다.

이래서 이름값이라는 것을 무시할 수 없는 법.

"제가 무례했습니다. 용서하십시오. 그리고 오늘 이 강의실에서 해주신 교수님의 강의는 평생 금과옥조로 삼아 살겠습니다."

나는 허리를 굽혔다.

양팔은 반듯하게 다리에 붙인 채 진심으로 감사 인사를 했다.

최대한 예의 바르게 경의를 표한 것이다.

제3의 인물들을 통해 듣게 되는 말이 모두 진실은 아니라는 것.

그 한 가지를 깨닫게 된 것만으로도 나는 인생의 큰 수확을 얻은 셈이었다.

세상을 헛살지 않고 후학의 미래와 삶의 질을 높이기 위해 노심초사 고뇌하는 노교수의 진심 어린 마음을 보게 된 자리.

"고맙네, 그리고 부탁하네……. 대한민국은 자네와 여기 있는 여러분의 손에 달려 있네. 부디……."

분명 이문석 교수의 눈빛에 물기가 어리고 있었다.

잘못 본 게 아닌가 나는 눈을 의심했지만 아니었다.

"부디 과거와 같이 배고프지 않으면서도 정신적으로 풍요로운 그런 세상을 만들어주게. 그게 바로 우리 인류가 찾고 있는 천국이 아니겠는가."

그러나 노련한 이문석 교수는 결코 눈물을 떨구지 않았다.

그것은 그를 바라보고 있는 후학들에 대한 배려의 다른 모습일 것이다.

'천국…….'

진정 가슴에 와 닿는 이문석 교수의 말.

몸 건강하고 배곯지 않으면서 모두 다 행복한 세상.

부처와 예수, 알라를 비롯한 모든 인류의 성인도 이루지 못한 지상 천국의 풍요로움.

아마 이루어질 가능성의 거의 없다고 봐야 할 것이다.

그것은 스스로가 찾아내야 하는 세상.

자신들의 삶에 대한 만족에서 오는 그런 세상일 테니까 말이다.

그러나 이문석 교수가 강의실에 앉아 있는 나를 비롯한 젊은 후학들에게 거는 기대처럼 나 또한 희망을 버리지 않을 것이다.

기필코 나는 행복을 찾아가는 방법을 터득해 가고 있음이 분명하니까.

나부터 그 행복을 찾아가면 된다.

한 알의 밀알이 수십 개, 아니 수백 수천 수만으로.

셀 수 없는 씨앗으로 다시 수확할 수 있도록 노력할 것이다.

세상은 나 혼자 사는 곳이 아닌 우리가 살아가는 즐거운 소풍의 장소.

아픔보다는 행복.

다툼보다는 평화와 포용이 넘쳐나기를 나 또한 소망했다.

예린이를 따라 재미삼아 듣게 된 강의.

오늘 나는 이 우연찮은 한 번의 강의로 배운 게 또 하나 있었다.

세상의 선지식은 결코 아주 멀리 있지 않다는 것.

각자의 자리에서 오랫동안 한 우물을 파온 모든 분들이야말로 진정한 삶의 도사라는 사실 말이다.

제8장
어둠의 황태자들
미스터K

쿵! 쿵! 쿵짝짝! 쿵짝!

두웅! 두웅! 두두둥!

근처에 닿았을 때부터 몸을 진동시키는 울림이 전해졌다.

강렬한 비트 음이 고막을 찌르고 들어왔다.

홍대 클럽들 중에서도 제법 유명세를 타고 있는 대형 클럽.

가장 노른자 건물 지하에 위치한 200여 평의 넓은 공간 갯썸.

요즘 홍대 일대의 트렌드 클럽으로 떠오르고 있었다.

다른 곳과 달리 내부 시설이 심플하면서도 모던했다.

블랙 앤 실버 메탈 소재를 써서 분위기가 한층 고급스러움을 더했다.

1층과 2층으로 공간이 구분되어 있고 10여 개의 룸이 완비돼 있었다.

특히 매일 이 시간이면 죽치고 있는 죽순이들의 외모가 1급수란 소문이 돌면서 남성 손님들로 문전성시를 이루었다.

또한 다른 클럽들과 달리 남녀 비율이 최소 6대 4로 은연중 맞춰져 있어 인기가 좋았다.

팟! 팟! 팟! 팟!

"끼아아아아아~!"

"호호호~!"

"아잉~"

"흐흐흐."

천장을 중심으로 주변 벽면을 장식하며 설치된 현란한 사이키 조명.

사방에서 불규칙적으로 발사되는 레이저 불빛들까지 갯썸 내부는 이미 광란의 밤을 맞을 준비가 끝나 있었다.

스테이지에 나가 이미 몸을 흔들며 춤을 추고 있는 사람도 많았다.

자리에 흩어져 앉아 있는 사람들까지 얼추 수를 헤아려 봐도 200여 명은 족히 되었다.

클럽 규모에 비하면 그 수는 턱없이 적었다.

아직은 이른 시간.

이미 음악에 몸을 싣고 춤을 추는 남녀들의 몸짓에서는 광란의 극치를 향해 달리고 있음이 보였다.

오픈된 스테이지에 올라 강렬한 비트에 맞춰 서로의 몸을 부비부비거리고 있는 커플도 눈에 띄었다.

클럽 문화를 즐기는 평범한 청춘남녀의 모습이 아니었다.

누가 봐도 남다른 옷차림에 액세서리로 장식한 이들의 모습.

이곳에 드나드는 사람들이면 누가 봐도 알아볼 만한 명품들로 치장을 했다.

이십대 초반의 여성들이 대부분이었다.

그것에 비해 남성들의 나이대는 이십대 초반에서 삼십대 중반까지 다양했다.

여성들 대부분은 대충 봐도 그 외모가 출중한 상태.

달리 1급수라는 말을 듣는 게 아니었다.

한낮 강남 대로를 거닐어도 며칠에 한 번 스칠까 말까 한

200퍼센트 미모의 여인들.

불빛을 받아 윤기가 흐르는 긴 생머리를 날리며 상체를 은근 섹시하게 흔들고 있는 여성.

짧은 초미니 원피스를 입고 남성의 몸에 밀착해 한 몸처럼 음악을 타는 여성.

아예 가늘고 하얀 두 팔을 남성의 목에 걸고 가슴에 얼굴을 묻은 채 무의식 상태로 남성의 리드에 몸을 맡긴 여성.

개중에는 진한 스킨십을 하느라 자신들이 서 있는 곳이 스테이지인 것도 잊어버린 듯한 커플도 눈에 띄었다.

갯썸이 갖고 있는 특징 중 하나가 남성보다 여성이 더 적극적인 장소라는 점이다.

새로 맞은 밤.

거리는 어둠이 내려앉을 시간이지만 갯썸의 태양은 이제 막 뜨기 시작한 셈이다.

오늘 밤은 반드시 혼자 이곳을 나가지 않겠다는 여성들의 뜨거운 몸짓.

남성의 수보다 여성의 수가 많은 것도 갯썸에 출입하는 여성들의 몸을 달구는 요소 중 하나였다.

게다가 오늘은 갑작스럽게 정상영업을 종료한 상황.

특별 회원들을 대상으로 한 VIP 타임이다.

연락을 받고 순식간에 서울 곳곳에서 모여든 연예인 지

망생을 비롯한 신인 연기자들.

그리고 강남 최고 텐프로 아가씨들 중에서도 상위 10프로에 해당하는 여성들이 와 있었다.

대부분 여성들이 인 서울 대학 출신에 특별한 수상 경력을 갖고 있는 미모의 재원이었다.

화려한 불빛 아래 그녀들의 눈동자에서 불꽃이 튀었다.

오늘 갯썸에 와 있는 남성들 모두가 정재계 재벌 2세 내지는 3세들.

이들 중 한 명과 스캔들만 잘 만들어도 여성에게 있어서는 든든한 스폰을 받을 기회를 잡게 된다.

그것은 불확실한 미래에 있어 대한민국 정재계의 중요 인물들을 선점하는 것과 같았다.

매번 이런 기회를 만날 수 있는 것이 아니었다.

철저하게 비밀 클럽으로 회동되는 오늘의 모임.

여성들의 몸짓에서 섹시함과 절박함이 함께 묻어나는 이유가 여기에 있었다.

속된 말로 하나만 잘 물어도 대박이었다.

확실하게 신분이 보장되는 남성들.

오랜만에 최문혁의 메시지를 받고 만사 뒤로 제치고 달려왔다.

한두 번 함께하다 보면 반드시 중독 증상을 보이게 뜨거운 일탈.

갖은 명품으로 온몸을 감싼 남녀의 서로를 향한 호르몬 분비로 갯썸의 지하공간은 욕망의 바다를 연출했다.

그 누구도 한 번 중독되면 쉽게 빠져나갈 수 없는 쾌락의 바다.

화려하고 현란한 불빛 아래서 욕망에 사로잡힌 영혼들의 몸이 너울너울 춤을 췄다.

"젠장, 술맛 떨어지는군."

대형 화면을 통해 스테이지가 한눈에 들어오는 갯썸의 가장 큰 룸.

팔각형의 화려한 사이킥 조명에서 흘러나온 불빛이 룸에 진하게 흘러들었다.

룸에는 이탈리아에서 직수입한 물소 가죽 소재의 소파 20여 개가 둥그렇게 반원을 그리며 놓여 있었다.

그리고 스테이지가 가장 잘 보이는 자리.

그곳에 최문혁이 앉아 있었다.

검정 대리석의 넓은 탁자 위에 발렌타인 30년산 양주와 맥주 십여 병, 그리고 생수와 보리차, 얼음 통이 놓여 있다.

그 옆으로 깨끗한 유리잔 10여 개가 가지런히 정리되어 있다.

강남에서 내로라하는 특급 룸서비스가 제공되는 주점 못

지않은 곳.

예약을 시도해도 아무나 사용할 수 있는 곳이 아니었다.

오로지 한 사람에게만 허락되는 공간.

최문혁만을 위한 공간인 것이다.

"개쌍!"

휘이이익.

퍼억!

파자자자장창!

갯썸의 실질적 소유주인 최문혁.

얼굴 가득 인상을 쓰며 욕설을 내뱉다 들고 있던 술잔을 사정없이 던져 박살을 냈다.

그놈의 경제학 개론 수업에 들어가기 전까지만 해도 기분이 이렇게 더럽지는 않았다.

이 시간이 이렇게 구질구질하게 생각되지도 않았을 것이다.

평소처럼 VIP들만 초청해 놓은 오늘의 시간.

간만에 질펀하게 제대로 한번 놀아볼 생각이었다.

유년 시절부터 암암리에 알게 되면서 연줄이 닿게 된 국내 정재계의 2, 3세들.

평소 노는 물이 다른 그들은 명석만 깔아줘도 개 떼처럼 몰렸다.

워낙 놀기 좋아하는 자들이라 연락 한 통이면 알아서들 연락을 취해 모였다.

가입 회비만 해도 한 명당 1억.

특별 회원들로 분류되어 있는 갯썸의 관리대상 1호였다.

이들에게 돈은 문제가 되지 않았다.

학교에 입학하기 전부터 보유하게 되는 주식과 무기명채권, 금덩어리 등등.

조부나 부친으로부터 증여받은 것들이다.

최문혁도 예외는 아니었다.

성년이 되면서 최문혁이 실제 굴릴 수 있게 된 현찰만 해도 수백억 단위를 넘었다.

은행 비밀 금고에 있는 환산할 수 없는 에스칼그룹 주식이나 채권을 빼고도 그 정도 규모.

게다가 최문혁은 장손이었기에 자신의 몫을 일찍 배분받았다.

이후 신나게 노는 게 일의 전부였다.

노는 것 외에는 엄청난 재력을 배경으로 고액 과외선생을 초빙해 고생한 학창 시절이 전부.

최문혁에게는 나름 고생스러웠던 학창 시절이었다.

머리가 명석하지는 않아 학교를 골라도 내신이 잘 나올 만한 곳으로 정했다.

또 교장 추천에 가짜 특기적성 서류까지 꾸밀 수 있는 곳을 골라 고교 시절을 보낸 덕에 서울대에 무난하게 합격할 수 있었다.

그렇게 얻게 된 자유.

물론 군대도 면제받았다.

요즘처럼 언론에 노출되면 피곤해지기는 마찬가지였지만 아직 세상은 돈으로 안 되는 게 없었다.

권력이 더해지면 더 쉽게 이루어졌다.

대학을 졸업하고 나면 미국 유학길에 오를 예정이었다.

적어도 서른 살까지는 유학을 마치고 이후 해외지사에 근무하면 그만이었다.

걱정할 거라고는 하나도 없었던 최문혁.

노는 것도 젊을 때 가능한 일이라고 여겼기에 틈나는 대로 신 나게 놀았다.

그 누구의 미래보다 탄탄대로의 황금 인생길이 기다리고 있었다.

아직 어렸지만 철두철미한 부분도 없지 않았다.

태어나면서부터 할아버지와 아버지의 사업 수완을 지켜봐 온 최문혁.

갯썸에 바지 사장을 앉히고 뒤로 빠져 있게 된 것도 두 분께 배운 사업 수단 중 한 가지였다.

자칫 일이 터진다 해도 절대 최문혁은 엮이지 않는 방법을 모색해 놓았다.

지금도 눈에 들어온 장면은 룸 곳곳에서 신종 마약을 섭취하는 모습들.

허브 마약으로도 불리는 저 마약 성분은 아직 불법마약류로 지정되지 않아 처벌규정이 없었다.

더구나 중독성도 약하고 하루면 소변으로 다 배출되기 때문에 누구나 쉽게 손을 대고 있었다.

이 시대의 주지육림.

그곳을 관리하는 실세 최문혁.

오성그룹 정도는 아니었지만 대한민국 재계 서열 5위에 들어가는 에스칼 그룹.

최근 반도체 공장까지 입수하면서 의욕적으로 시세 확장을 노리고 있다.

전임 대통령 시절 인척으로 엮어 일순간 엄청난 특혜를 받고 성장했다.

그 후 재계에서도 손꼽히는 벼락 그룹이라는 소리를 들었다.

그런 에스칼그룹의 차기 회장 1순위인 최문혁.

배경이 갖춰지고 있는 상황에서 아무리 동기, 같은 또래들과 어깨를 나란히 하고 있어도 자존심만큼은 남달랐다.

어머님으로부터 얘기를 듣고 처음 본 순간 이미 와이프감으로 찍어 놓았던 유예린.

오성그룹의 막내딸만 아니었다면 이렇게 자존심이 상하지는 않았을 것이다.

평소에도 도도함이 하늘을 찔렀지만 개의치 않았다.

본인의 안사람이 될 사람이라면 그 정도 교태는 봐줄 수 있다고 여겼다.

그렇게 여기고 있던 유예린이 오늘 자신의 앞에서 남자에게 꼬리를 쳤다.

게다가 그년이 옆에 달고 들어온 자식 때문에 경제학 수업이 엉망이 돼버렸다.

어디서 굴러왔는지 처음에는 신경도 쓰지 않았다.

그러나 이름을 듣는 순간부터 기분은 더러워졌다.

몇 년 전 이 시대 마지막 히어로라며 각 언론에서 엄청나게 떠들어댔던 그 놈이었다.

어디 가도 꿀리지 않는 외모를 소유한 최문혁도 고개를 숙여야 할 만큼의 남자다운 면모가 엿보였다.

한술 더 떠 감히 일반 학부생들은 질문도 꺼리는 이문석 교수의 강의 내내 질문과 대답을 주고받으며 그 긴 시간을 채웠다.

나이도 어린놈이 학부생도 띄엄띄엄 아는 지식을 일목요연하게 정리해 냈다.

"재수없는 새끼……."

콰드득.

최문혁의 오른쪽 주먹에 힘이 들어갔다.

고등학교도 제대로 졸업하지 못한 놈이 감히 서울대생 수업을 도강했다.

게다가 입방정까지 떨었다.

이문석 교수와 짝짜꿍해 가며 비관적 시나리오를 잘도 써냈다.

어느 정도 위기감이 있다는 것쯤은 최문혁도 감지하고 있었다.

그룹 내 위기 대응 팀이 비밀리에 구성됐다는 사실을 알고 있다.

하지만 아직은 피부로 느낄 수 없는 먼 미래라고 치부하고 싶은 마음이 강했다.

그러나 암암리에 IMF 때처럼 명예퇴직 및 각종 구조조정, 사업 정리를 통한 그룹 건전성 제고가 이뤄졌다.

동시에 스위스 은행에서 조세피난처로 자금 이동을 마무리했다.

페이퍼컴퍼니를 통해 축적된 비자금.

에스칼그룹의 장자였고 충분히 기업을 운영할 만큼 장성한 성인이었기에 기업 돌아가는 사정은 최문혁도 대충 알고 있었다.

평범한 사람들은 평생 꿈도 꾸지 못할 거대 자금이 여러 페이퍼컴퍼니와 차명으로 분산 예치되었다.

최악의 시나리오도 나와 있었다.

시나리오를 비켜가길 바라지만 어쩔 수 없이 그룹이 해체된다 해도 3대 이상은 부를 누리고 살 수 있을 만큼의 금액을 마련해 놓은 상태.

에스칼그룹의 비자금에 비춰보아 다른 여타 기업도 에스칼그룹의 노선과 별반 다르지 않을 것이다.

에스칼그룹보다 오래 기업을 운영해 온 규모가 큰 기업은 말할 것도 없었다.

"니들이 아무리 떠들어봐라. 이건 우리 돈이야. 할아버지와 아버지가 피땀 흘려 쌓아올린 부라고. 절대 함부로 빼앗아 갈 수 없어!! 결코 그렇게 되게 두지 않아!!"

정권이 바뀔 때와 선거가 있을 때마다 그룹에서 쏟아부은 정치자금은 수천억에 육박했다.

그 돈들 모두가 비자금에서 제공된 자금.

구린 정치인들의 똥구멍을 핥아주고 얻은 결과다.

쉽게 내줄 것 같았으면 처음부터 시작도 하지 않았을 것이다.

능력껏 벌어들여 놓은 재산을 눈뜨고 빼앗길 멍청이는 없다.

또한 가문에서 그 꼴을 지켜볼 리 만무했다.

또로로록.

최문혁은 다시 양주잔 하나를 끌어다 채웠다.

얼음도 넣지 않은 발렌타인 30년산.

스읏.

반 정도 채운 뒤 병을 내려놓았다.

오늘 받은 스트레스를 날리기 위해서는 술과 약의 힘이 필요했다.

이 한 잔 술을 마시고 난 후 최문혁은 이 밤을 욕망의 이름으로 불태울 것이다.

꿀꺽꿀꺽.

30년산 발렌타인이 부드럽게 세팅된 풍미를 풍기며 목젖을 타고 넘어갔다.

꽤 많은 양임에도 한입에 털어 넣는 최문혁.

신종 마약은 웬만한 알코올 기운 따위는 가볍게 날려 주었다.

적당히 취기가 오르면 룸 밖으로 나가 몸을 좀 흔들고 난 뒤 눈에 띄는 여성을 한 명 찍으면 된다.

그리고 다시 룸으로 돌아오면 최문혁의 밤은 낮처럼 환하게 밝아질 것이다.

사람이 죽어나가지 않는 한 룸의 문은 열리지 않는다.

달리 황제의 룸이라 부르는 게 아니었다.

문 밖에서는 최문혁 개인 경호원들이 지키고 있었다.

그들 모두 최문혁에 관해서는 입이 무거웠다.

사설 조직 수준까지는 아니었지만 이 바닥에서는 의리에 죽고 사는 자들.

웬만한 거추장스러운 일까지 도맡아 처리해 주었다.

끼릭.

그때 룸의 유리문이 조용히 열렸다.

"누구야!"

최문혁의 허락 없이는 쉽게 들어올 수 없는 성역.

경호원들의 보고도 없었다.

"문혁아~ 오늘 까칠하다."

익숙한 목소리다.

"형~!"

최문혁은 단번에 목소리의 주인공이 누군지 알아봤다.

한 남자가 입가에 미소를 지으며 들어왔다.

나이는 삼십대 초반.

신장은 180 정도에 깔끔하게 손질한 헤어 스타일.

날씨가 서서히 더워지는 관계로 시원해 보이는 연하고 푸른 색상의 가벼운 정장을 입었다.

잘생긴 얼굴 이미지와 사뭇 느낌이 다르게 눈매가 매서웠다.

편안한 이미지를 주고 있지만 쉽게 다가가기에는 뭔가 부담스러움을 풍기는 남자.

입매는 분명 웃고 있지만 눈은 차갑게 룸을 한 번 훑었다.

"야, 이런 거국적 행사가 있으면 형한테 먼저 연락해야 하는 거 아니야? 섭섭하다, 문혁아~"

"하하, 미안해요. 형이 요즘 가정에 유독 성실하게 봉사하신다는 말을 듣고 연락 못 드렸습니다."

"크크, 그랬냐? 이제 해방이다. 손자도 둘 안겨드렸으니 부모님도 뭐라고 더 할 말이 없으시고. 사실 그 정도 했으면 아들 노릇 다한 거지. 이제 남자 노릇 좀 하고 살란다."

털썩.

거침없이 문을 열고 들어와 최문혁의 옆자리에 털썩 앉았다.

"찬명이 형은 언제 봐도 멋져요~ 고독한 젠틀맨 향기가 팍팍 풍기거든요~"

가깝지는 않지만 조모 때 인연이 돼 친척 관계로 엮여 있는 이찬명.

대원그룹 둘째 아들로 처음부터 후계자가 될 수 있었던 것은 아니었다.

찬명의 형이 결혼 후에도 아이가 없자 예술 쪽으로 방향을 틀어 파문혔고 자연스럽게 그룹 후계자로 지목이 되었다.

아래로 여동생이 둘 더 있었지만 이찬명의 입지가 가장 탄탄했다.

집안이 대체로 남아선호 사상에 뿌리를 두고 있기도 했으며 이찬명 역시 그룹 경영인들에게 인정받을 만큼 일 처리가 깔끔했다.

외국 유학을 마치고 들어와 아들 둘까지 안아든 지금 누가 봐도 건실한 사업가의 모습이다.

다만 문제가 되는 것은 뜨거운 피를 식힐 수가 없다는 것.

"지랄 마라~ 야, 내가 장가가고 나이는 먹었지만 가슴은 너만큼 뜨거운 남자다. 돈 벌어서 뭐하냐? 쓰라고 버는 거… 남자가 뭐하겠냐! 인생의 참맛은 즐겨야 맛을 아는 거거든!!"

"네네~ 형님 말씀이 다 옳습니다!"

생각보다 대한민국은 좁았다.

때문에 종종 사업을 해 먹고살기 위해서는 적당한 상대와 동업 형태를 취해야 했다.

그중 결혼을 통한 인척형성이 가장 일반적은 방법이었다.

그렇다고 해서 그 관계가 영원한 것은 아니었지만 돈 앞에 무너지는 관계라 할지라도 그런 상대가 아주 없는 것보다 나았다.

사정이 그렇다 보니 잘나가는 대기업 후계자와의 친분을 쌓아두는 것은 든든한 보증수표를 갖고 있는 것과 진배없었다.

두 사람 모두 본인이 망하지 않는 한 서로 동업자로서의 관계를 유지할 수 있었다.

노는 모양은 개차반이었지만 절대 기업 후계자로서의 위신은 잊지 않는 최문혁.

"무슨 일 있어? 저건 뭐야?"

이찬명은 바닥에 흩어져 있는 유리 조각을 쳐다보며 물었다.

또로록.

사각사각.

빈 잔을 가져다 얼음 두어 개를 넣는 이찬명.

최문혁이 뭔가에 단단히 뿔이 나 있는 것을 알았다.

"오늘 아주 재수없는 새끼를 봐서요."

"재수없는 새끼? 천하의 최문혁을 열받게 할 만한 놈이 있어?"

이찬명은 잔에 술을 따르며 최문혁을 살짝 쳐다봤다.

"이 형이 손 좀 봐줘?"

선한 일에는 굳이 나서지 않아도 나쁜 일에는 발 벗고 나서는 두 사람의 관계.

"세요!"

"그래? 지가 세봐야 열 주먹 당하겠냐!"

별것 아니라는 듯 비웃음을 흘리던 이찬명은 잔을 들어 한 모금 마셨다.

다른 건 몰라도 법과 주먹의 관계, 그리고 중간 역할을 하는 돈의 힘에 관한 한 모르는 게 없었다.

"깡패들도 못 당한 놈이에요, 3년 전 일이지만……."

최문혁은 말을 잇다 잔을 들었다.

"뭐야? 알아듣게 말해봐! 3년 전 깡패……?"

살짝 짜증 섞인 표정이 되던 이찬명의 눈빛이 달라지기 시작했다.

"3년 전?!"

갑자기 눈을 부릅뜨는 이찬명.

머리를 누군가 후려치듯 번쩍 뭔가가 떠올랐다.

"호, 혹시 그 새끼 이름 강민 맞아?"

"어? 형이 어떻게 그 새끼 이름을!"

이찬명의 물음에 더 놀란 건 최문혁이었다.

으드득.

대답 대신 이를 가는 이찬명.

"그 새끼가 돌아왔군……."

눈빛에 살기가 띠더니 입 주변이 매섭게 떨렸다.

"……."

상황이 어떻게 된 것인지 전혀 짐작이 가지 않는 최문혁은 눈알만 굴렸다.

이찬명이 저 정도로 감정을 컨트롤하지 못하고 본색을 드러내는 것도 거의 볼 수 없었던 모습이다.

그래서 최문혁은 더욱 감을 잡을 수 없었다.

어린 나이도 아니고 삼십대 초반의 부사장이라는 중책을 맡고 있는 대원그룹 차기 후계자.

이를 갈고 있다.

"어디서 봤어!"

"하, 학교 강의실에서요."

이찬명이 최문혁을 매섭게 노려보았다.

"강의실? 그럼 그놈이 서울대학교 학생이란 말이야?"

"왜 그러세요. 그런 건 아닐 거예요. 오늘 처음 봤으니까요."

"그러면 왜 그놈이 거기……?"

"예린이를 따라왔습니다."

최문혁은 다시 떠올리고 싶지 않은 오늘의 상황이 다시 생각나 인상을 찌푸렸다.

하지만 최대한 내색을 하지 않으려 애쓰며 담담한 척 이찬명의 눈을 바로봤다.

"예린이? 설마 유예린?"

"네, 맞습니다."

"음……."

다시 이마를 있는 대로 찌푸리는 이찬명.

과거 알아보다 중단한 정보에 의하면 유예린과 강민은 한 반이었다.

그리고 유예린이 강민을 상당히 좋아하는 관계였다.

꼬박 3년 동안 모습을 감추고 실종 상태에 있던 놈이 하루아침에 나타났다.

그것도 오성그룹 막내딸이자 자신과 사촌 관계에 있는 유예린과 함께.

최문혁의 말만 들은 상황.

자신이 알고 있는 것들이 거의 확실한 정보인 것을 생각할 때 기분이 찝찝했다.

놈이 혼자였다면 차라리 나았겠지만 예린이와 관련이 있다면 놈의 출현이 반갑지만은 않았다.

"어때 보였어, 두 사람?"

"네, 꽤 친분이 있어 보였습니다."

이찬명의 기세에 살짝 기가 죽은 최문혁은 고개를 숙였다.

에스칼그룹 역시 탄탄한 기업이었지만 대원그룹에는 살짝 밀렸다.

주력 상품이 달라 서로 인상 쓸 일이 없어 다행이지 백화점과 식품, 대형 쇼핑센터 등을 포함해 대원그룹의 적수가 될 만한 기업은 아직 없었다.

더욱이 오성그룹을 모태로 한 형제 가문.

괜히 눈에 거슬려 봐야 좋을 게 없었다.

"이거… 가만 보니 건수는 달라도 공동의 적이 나타난 것 같다."

"그런 것 같습니다."

이미 최문혁이 유예린에게 마음을 두고 있음을 이찬명도 잘 알고 있었다.

아무리 날고 긴다 해도 대한민국 정재계 바닥은 의외로 좁고 소문 또한 빨랐다.

반도체 문제로 에스칼 쪽은 그룹 차원에서 오성그룹의 전폭적인 협력을 원하고 있는 상황.

가장 좋은 방법은 두 집안이 자녀 혼사로 그 문제를 수월하게 풀어가는 것이 관건이었다.

아직 유예린의 나이가 어리다는 게 약간 걸렸지만 대학교만 졸업하면 크게 문제될 것은 없었다.

가족 모임을 중심으로 흘러나오고 있는 이야기는 여러 가지.

우선 유예린을 차기 오성의 후계자로 주목하고 있는 어른들이 몇 있었지만 막상 그건 불가능해 보였다.

아직 남성 중심으로 후계를 이어오고 있는 것을 원칙으로 한 것을 깨뜨린 기업이 없었다.

아무리 사회가 변했다고 하지만 과거와 크게 달라진 것은 없다.

잘해봐야 딸들은 호텔이나 백화점 같은 사업체 하나 물려받는 게 기업 참여의 형태.

나아가 시집 잘가서 가문 간의 가교 역할을 하는 데 자신을 희생하는 정도였다.

꿀꺽.

이찬명은 목이 타는 듯 잔에 채운 양주를 단숨에 들이켰다.

탁.

거칠게 잔을 테이블 위에 내려놓았다.

"후후."

짧게 내뱉는 차가운 웃음.

이찬명의 눈빛은 현란한 조명의 번쩍거림 속에서 더욱 차갑게 빛났다.

마치 그간 노리고 있던 먹이를 눈앞에 두고 목을 물기 위해 타이밍을 기다리는 맹수처럼.

살기 가득한 눈동자를 본 최문혁도 서늘한 기운을 느낄 정도였다.

휘적휘적.

'어디서 또… 에잇?'

내가 세상에 나온 것을 누가 또 알고 내 얘기를 하는 것 같다.

설악산에 있을 때도 귀가 간지러울 때가 있었지만 이렇게까지 간지럽지는 않았다.

윤라희 여사를 비롯해 예린이 가족이 흔쾌히 내준 럭셔리 손님방.

언제까지 머물지는 모르지만 그 동안은 나만의 독립 공간으로 제공되었다.

나는 흐뭇하게 방에 모셔져 있는 금고를 바라보았다.

예린이의 멋진 스포츠카에서 쥐도 새도 모르게 옮겨다 놓은 귀한 보약들이 들어 있다는 것만으로도 흐뭇해졌다.

내가 손님방을 쓰는 동안은 그 누구도 절대 열 수 없는 개인 금고.

번호를 알지 못하면 누구도 열 수 없다고 했다.

메이드 인 스위스.

조금 과장을 해보면 내가 금고에 들어가도 될 만큼 큰 대형 금고다.

이 방에서 마음에 드는 것 중 하나다.

"지금쯤 설악산 구석구석 안 뒤진 곳이 없겠지? 노친네 발바닥에 땀 좀 나겠지. 흐흐흐."

설악산을 벗어난 지 만 하루밖에 되지 않았다.

하지만 체감으로 느끼는 시간은 설악산을 떠나온 지 몇 달은 족히 된 듯한 자유감을 만끽하고 있었다.

제아무리 하늘을 성큼성큼 날아다니는 도사 할배라 해도 내가 오성그룹 가족들과 이 거대한 저택에서 지내고 있다는 것은 꿈에도 모를 것이다.

그리고 한국 고등학교 교장샘과 같은 프락치가 설마 이곳까지 뻗어 있을 리 만무했다.

그리고 오성그룹 가족들을 알고 있을 리가 없다.

대한민국에서 적어도 청와대와 경찰서 다음으로 가장 안전한 곳.

장담했다.

나는 팔베개를 하고 침대에 누워 잠시 눈을 감았다.

휴식을 취하는 방법 중 하나다.

"경제도 사람 인생이나 진배없군. 그것을 거스르고 자유로울 수 있는 건 없다더니… 사실이었어."

우주에는 인간이 다 이해할 수 없는 순환 법칙이 존재한다고 했다.

그것은 양 도사처럼 도를 통한 특정인들에게는 이치로 통하기도 하지만 어떤 개념을 취하기 이전부터 존재하는 순환의 법칙이라는 것이다.

말하는 사람에 따라 다른 우주의 움직임 정도일 것이다.

그 거대한 순환 안에서는 사람의 삶도 미세한 점 일부에 지나지 않을 것이다.

경제 문제도 다를 게 없는 상황.

나는 고요한 침묵 속에 낮에 들었던 이문석 교수의 명강의가 생생하게 떠올랐다.

명쾌한 답을 얻고 싶어 답답함을 안고 비밀 카페에 가입했을 때의 의문들이 오늘 상당히 해소되었다.

물론 비밀 회원들이 나누었던 많은 이야기들과 근접한

내용들도 많았다.

분명 경제 공부 좀 했다 하는 사람들은 현 시점에서의 대한민국 경제가 얼마나 많은 문제점을 안고 있는지 알고 있을 것이다.

그 문제의 대부분이 거품으로 부풀려진 거짓 경제성장을 부추기고 있다는 사실까지 말이다.

아무리 천재 소리를 듣는 머리를 갖고 있다 해도 스무 살밖에 안 된 사회초년생인 게 나의 현실이다.

위기감이 느껴졌다.

하루가 다르게 속속 올라오는 카페의 정보만 보더라도 그 불안감은 쉽게 사라지지 않는다.

현재 유럽에서 가장 잘나가는 도이치방크의 자기자본 비율이 1.68이라고 했다.

100억을 대출해서 1억 6천 8백만 원만 부족해도 은행 문을 닫아야 하는 상황인 것이다.

몇 년 전 대한민국을 휩쓸었던 저축은행들의 도산 당시 자기자본비율보다 더 형편없는 실정이다.

그때 자기자본비율이 5프로대를 넘던 저축은행들도 뱅크런 상태 며칠 만에 가차없이 무너졌다.

그런데 세계 모든 금융의 흐름을 좌지우지하는 대형 은행이 1.68.

미국은 말할 것도 없었다.

국가나 개인, 은행들 모두 마이너스 상태에서 연방준비은행의 돈 풀기 신공으로 겨우 산소 호흡기를 꽂고 숨을 쉬고 있는 상태다.

또 유럽은 지금 어떤 상황인가.

실업률은 높아질 대로 높아졌고 미래 수익을 창출할 수 있는 요소는 없다.

저축률은 바닥이고 하루하루 소비를 하며 사는 것도 급급한 나머지 바닥을 박박 기고 있다.

신용이라는 명목 좋은 공수표로 미래 자신들이 누려야 할 삶의 자산을 양껏 끌어다 쓴 사람들의 최후가 아닐 수 없다.

그들은 이제 와서 그토록 외쳤던 요람에서 무덤까지라는 복지에 관한 실현이 무리였다는 것을 뼈저리게 느끼고 있다.

한반도 역사 이래 가난은 나랏님도 구제치 못한다는 말이 있다.

사람은 태어나면서부터 자신의 먹을 것은 갖고 난다는 말도 있다.

그것은 분명 사람은 태어나면서부터 죽는 순간까지 자기 밥값은 스스로 해야 한다는 말일 것이다.

남들이 피땀 흘려 벌어 쌓아놓은 부를 복지 어쩌고 하며 거저 내놓으라고 할 수는 없는 문제일 것이다.

더욱이 복지를 누리는 자와 복지를 제공하는 자 사이에서의 문제는 그 누구도 해결하려 하지 않는다는 것.

결국 복지를 제공한 사람들은 아무 혜택도 받지 못할 것을 빤히 알면서도 그 빚을 떠안게 되는 처지에 놓이게 된다.

받는 자와 그것을 묵인하는 자 사이에는 얄팍한 인간의 심리가 작용하는 것이다.

적게 일하고 많은 것을 받으려고 한다면 그것은 누가 봐도 문제인 것이다.

이런 관계 설정에서 발생하는 차액은 순전히 자신들의 후손이 갚아야 하는 빚과 이자가 된다는 사실을 부인할 수 없을 것이다.

그럼에도 나만 편하게 살면 그만이라고 생각하는 요즘 세상.

어차피 누구나 최후는 맞게 될 테지만 그 최후의 순간을 바짝바짝 당기고 있다는 사실이다.

지난 100년 동안에 걸쳐 엄청나게 찍어내 놓은 종이돈이 갖고 있는 거품.

이문석 교수의 말대로 곧 파멸을 맞고 신세상을 맞게 될 것이다.

그리고 전 세계인이 겪게 될 고통은 결국 예견돼 있었을 것이다.

지금까지 누리던 부를 재분배해 다시 나누지 않는다면 자멸의 길을 선택하게 되는 결과를 불러올 것이다.

살을 도려내고 뼈를 깎는 대수술.

미국이나 유럽, 그리고 새로운 경제 중심으로 선 아시아도 마찬가지.

넘쳐나는 종이돈을 남발한 대가로 그에 부합한 청구서들을 받게 될 것이다.

부유함이 넘치는 도시.

화려함이 수놓는 도시 사람들의 삶.

한순간 전력이 끊어져 버리고 화려했던 도시는 암흑천지로 변하는 것을 상상하는 것만으로도 끔찍했다.

비밀 카페 회원들은 이미 이런 기류를 읽고 움직이는 선각자들도 있었다.

도시 생활을 정리하고 떠났다.

자급자족이 가능한 전원생활로 들어갔으며 실물을 준비했다.

"대책까지 알려주셨더라면 좋았을 텐데……."

아쉬운 생각이 들었다.

경제 위기는 엄청난 디플레이션이나 하이퍼인플레이션을 동반하게 돼 있다.

세계 모든 국민은 거의 부채밖에 끌어안고 있는 자산이 없었다.

더 이상의 부를 창출할 수 있는 여건이 아니었다.

그들은 지금 전 세계 경제 상황이 디플레이션으로 가야 한다고 한목소리로 말했다.

그러나 미국이나 유럽, 일본 등의 부국들은 종이돈을 남발해 곧장 하이퍼인플레이션으로 상황을 몰아갈 것이라고 했다.

그렇게 되면 돈이라고 믿는 종이돈은 말 그대로 휴지 종이가 돼버린다는 것이다.

다만 돈의 가치로 유통되는 것은 신유통 화폐가 다시 모습을 드러내기까지 금이나 은과 같은 실물만이 거래 가능하다는 것.

이러한 것들이 사실이라면 그 누구도 믿을 수 없는 세상이 아닐 수 없다.

짐바브웨처럼 100조 달러짜리 지폐가 발행되어도 이상할 게 없다.

달러 표시 자산 부채를 계란 한 판 값으로 해결할 수 있는 묘책이 바로 하이퍼인플레이션이라는 마공.

다만 마공답게 실물을 확보해 놓지 못한 개인은 앉아서 고스란히 그간 쌓아올린 부를 한순간 날려야 한다.

오직 닥치고 실물을 보유한 자들만이 살아남는 세상이 되는 것이다.

나 역시 불안한 미래를 안고 있는 한 사람일 뿐.

전 세계가 안고 있는 문제가 나에게만 예외일 리 없다.

하긴 어느 석학이 미래 가장 유망한 직종은 바로 농부라고 했다.

믿을 수 없는 세상에서 먹거리 창출만이 진정한 생존 방식의 표준이라고 말했다.

"양 도사의 말이 틀린 게 없네. 나한테 조금만 친절하지……."

설악산에 처박혀 나 한 사람의 인생을 좌지우지 하려고만 하지 않는다면 양 도사 역시 뛰어난 선지자임은 분명했다.

입산수도에 이어 자급자족의 도를 근 100년 동안 닦아 위대한 자연생존주의자로 변모한 것만 봐도 그렇다.

문득 양 도사의 어록들(?)이 떠올랐다.

인간이나 자연이 모두 생로병사의 길을 걷는다.

인간의 손에 의해 모습을 갖춘 것들 역시 마찬가지로 생로병사의 길을 걷는다.

태극의 이치가 돌고 도는 것처럼 본래 양과 음이 극하며 끊임없이 유동한다.

고대 수메르나 이집트, 로마, 중국의 여러 황조, 대영제국 등등.

그 숱한 많은 제국을 비롯해 왕국들 또한 부를 누리다 종국에는 산산조각이 나 거덜이 났다.

누구나 이빨 빠진 호랑이 꼴이 되는 것이다.

이문석 교수의 말인즉슨 그 순환의 법칙은 여전하고 이제는 그 순서가 미국이나 그 밖의 선진국일 뿐이란 사실이다.

직접 입에 올리지 않았지만 내가 느끼는 위기감은 거기에서 끝나지 않았다.

안타깝지만 대한민국도 사정은 별반 다르지 않다는 것이 현실이다.

다만 어차피 겪어야 할 고통이라면 그 고통의 시간이 길지 않기를 바랄 뿐이다.

인류가 생존할 수 있는 방법을 찾아낸 것 역시 인류였다.

그 생존 방식을 찾아내는 데 지혜를 써야 하는 시간이 도래한 것뿐이다.

그래서 인류 역사는 위대한 것이 아니겠는가.

나는 자리에서 일어나 앉았다.

미친놈처럼 혼자 중얼거리고 있었지만 이것 역시 나의 라이프 스타일.

"어차피 세상이 확 한번 뒤집어져 쫄딱 골로 가지 않는 이상 별일이야 있겠어. 순간순간 이 바닥에서 최선을 다해 살다 보면 어느 순간 위기도 소나기처럼 지나가 있겠지~"

나는 아마 내일 지구가 멸망한다 해도 나만의 길을 가고야 말 것이다.

핵무기를 보유하고 있는 몇 개 나라도 결국 자신들 또한 무사하지 못한다는 사실을 알기 때문에 협상용으로만 사용하고 있지 않은가.

터지면 터지는 것이고 그렇지 않으면 평범한 일상일 뿐이다.

내일 일을 걱정하지 말라 했으니 이 순간 가장 위안이 되는 말이다.

어떻게든 죽을 운명이었다면 나는 지금 이 넓은 침대 위에서 편안한 밤을 맞고 있지 않았을 것이다.

설악산에서 약초 채집을 하다가 벼락에 맞아 낭떠러지로 떨어졌을 때 대가리가 박살이 났어야 했다.

한 방에 갔어야 했지만 천신만고 끝에 이렇게 살아서 오성그룹 대저택에서 밤을 보내고 있다.

다른 사람들은 감히 상상할 수도 없고 경험할 수도 없을 나의 설악산 수행 시절.

부르르.

생각만으로도 몸이 떨렸다.

"운전 면허증 취득과 동시에… 미국으로 튀는 거야! 암."

내일 당장 세계 경제가 화산폭발을 일으킨다는 뉴스가 흘러나와도 나의 목표는 변하지 않을 것이다.

얼마 정도는 이곳이 안전하겠지만 절대적 안전을 보장받을 수는 없다.

오늘 하루 이문석 교수와 나누었던 토론만 해도 분명 이목을 끌기에 충분했다.

서울대 강의실에서 그런 상황이 벌어지지 않았다면 조금 더 길게 시간을 보낼 수도 있었을지 모른다.

'아쉽단 말이야.'

나는 방을 전체적으로 한 번 훑어보았다.

참 마음에 들고 좋은 방이다.

아마 다시 이런 방에서 지내기 위해서는 특급 호텔 VIP룸을 찾아야 할 것이다.

쾌적 플러스 럭셔리의 완벽한 조화.

게다가 안전시설까지 모두 갖춰져 있는 대만족스러운 방.

설악산 탈출 만 하루 만에 얻어낸 쾌거가 이 정도라면 나의 앞날은 안 봐도 비디오다.

예린이의 나를 향한 무한 신뢰를 전폭적 지원으로 얻은 행운.

또 유병철 회장이 갖고 있는 나에 대한 높은 호감지수가 지대한 공헌을 했다.

"크~ 냄새 죽이네~"

열린 창으로 스멀스멀 풍겨오는 고소한 고기 익는 냄새.

말로만 듣던 그 가든파티였다.

설악산에서도 가끔 멧돼지나 노루를 잡아 양 도사와 파티를 벌인 경우도 있었다.

하지만 그건 누가 봐도 원시인들의 만찬과 다를 바가 없었다.

그러나 지금은 질적으로나 환경적으로도 비교가 불가능한 상황.

바깥에서 저택 요리사들이 총출동해 만찬을 준비하고 있었다.

설악산 파티와 지금의 가든파티를 비교한다는 것 자체가 벼락 맞을 짓.

"흠, 오늘은 꼭 전화 한 판 때려봐야지."

나는 제시카 샘에게 오늘은 전화를 한 통 해볼 생각이었다.

미국에 거주하고 있을 제시카 샘.
인터넷만 잠깐 뒤져봐도 그녀를 찾는 건 어렵지 않다.
제시카 샘이 제대로 된 사업가라면 나의 가치를 알고도 쉽게 포기했을 리가 없다.
그럴 여인이었다면 노골적으로 나에게 그렇게 접근해 오지 않았을 것이다.
분명하게 기억하고 있는 제시카 샘의 도발.
똑똑.
"민아~"
'공주님 오셨네~'
저택에 거주하고 있는 가사 도우미와 비서진들은 예린이를 막내 아가씨라고 불렀다.
호칭만 아가씨였지 대우는 거의 공주님 접대 수준이었다.
그런 예린 아씨께서 문 밖에서 나를 부르고 있었다.
"들어와~"
나는 대저택 주인이라도 되는 양 침대에 걸터앉아 말했다.
소리도 없이 가볍게 열리는 문.
바깥 공기가 살짝 예린이와 함께 밀려들어 오며 은은한 향을 코끝에 묻혔다.

성숙한 여인의 모습.

아름다웠다.

파바바밧.

'오오오!'

절대 고등학교 때 여동생으로만 보일 거라고 장담했던 예린이가 아니었다.

성숙한 여성이 풍기는 묘한 매력이 예린이에게서 느껴졌다.

어둠이 깔리는 시간이라 더 그런지 자체발광의 후광이 예린이를 둘러싸고 오라처럼 피어올랐다.

제9장

사자 새끼

"뭐, 뭐라고요? 강민 그 개새끼가 나타났단 말입니까!"

와장창.

자리에서 벌떡 일어나는 바람에 유리 테이블 위에 놓인 찻잔이 엎어졌다.

지난 3년 동안 겪었던 마음고생 때문에 부쩍 흰머리가 늘었고 탈모도 많이 진행됐다.

거의 대머리 수준이 된 머리카락.

그렇지 않아도 짙은 송충이 눈썹이 더욱 도드라져 보였다.

"임 사장님이 반길 거라고 생각했습니다. 어째 마음에 드십니까? 하하하하."

휴대전화를 통해 들려오는 낮고 느긋한 목소리.

과거와 달리 현재는 어엿한 대기업의 부사장 자리를 차고 앉아 있는 이찬명이다.

인천에서는 밤의 황제로 통하는 임달수에게 기쁜(?) 소식을 직접 전해왔다.

"그 새끼 지금 어디 있습니까?"

약한 자에게는 강하고 강한 자에게는 약한 전형적인 비열한 인간의 모습을 보이는 임달수.

강민의 이름을 듣자마자 거의 이성이 마비된 듯 길길이 날뛰었다.

그러나 전화를 건 사람이 이찬명이라는 것은 잊어버리지 않았다.

3년 전 그 새끼와 연루되면서 간첩 사건으로 몰려 많은 휘하의 동료가 겪지 않아도 되는 일들을 겪었다.

중간 보스 급을 비롯해 조직원 상당 인원이 검찰 조사를 받고 또 투옥됐다.

철두철미한 피라미드 형식의 조직운영을 해왔던 덕에 상부 조직까지는 조사를 받지 않았지만 달수파 명성에 상당한 타격을 받았다.

게다가 정체가 파악되지 않은 늙은 노친네 두 명.

말은 도사들이라고 했지만 그 이상의 뭔가 구린내가 나는 영감들이었다.

그 영감 두 명에게 당한 조직원들은 수족의 힘을 다시 찾을 수 없게 됐다.

일상생활을 하는 데는 이상이 없다.

하지만 조직의 일에는 합류할 수 없을 만큼 반병신이 돼버렸다.

무능력해져 버린 조직원들의 처지.

보스로서 눈물이 앞을 가렸다.

그러나 어떻게 해결해 줄 수 있는 방법은 전무했다.

그뿐만 아니었다.

비밀리에 조직에서 관리하고 있던 북한 특수부대원들까지 털리고 나자 달수파는 한순간 휘청거렸다.

아무리 탄탄한 조직을 구성하고 있다 해도 여론을 타게 되면 그 순간 성장판은 닫히게 된다.

더는 정치권의 비호를 받기 어려워지는 것이다.

또 여론에 언급이 되기 시작하면 검찰과 경찰 조직이 움직였다.

조직의 확장은 고사하고 현상 유지를 위해 대가리를 등껍질 속에 감추는 자라처럼 움츠리고 몸을 사려야 한다.

꿈에 그리던 강남 입성을 눈앞에 두고 벌어진 일이었다.

그 어느 때보다 더한 좌절을 맛봤던 달수파.

지난 3년간 임달수는 이를 갈았다.

과거와 같은 정치권의 비호를 위해 그 전과는 비교가 안 될 만큼의 거금이 뇌물로 바쳐졌다.

예전 같았다면 그 정도 돈으로 충분히 그물망처럼 쳐져 있던 감시의 눈을 거둬낼 수 있었다.

그러나 검찰과 경찰의 상시 감시는 계속되었다.

최근까지.

달수파에 있어 자칫 보스가 흔들렸다면 조직 전체가 와해될 뻔했던 사건으로 남았다.

여타 다른 조직들도 익히 겪지 않았던 대사건이었다.

그 중심에 설악산 촌놈 강민이 있었다.

"임 사장님, 이번엔 처리가 가능하시겠습니까?"

이찬명은 임달수의 자존심을 건드렸다.

3년 전 일을 제대로 처리하지 못한 것에 대한 비아냥거림인 것이다.

콰득.

휴대전화를 쥐고 있던 임달수의 손에 힘줄이 일어섰다.

그러나 이성을 가다듬고 임달수는 차분하게 대응했다.

이찬명은 분명 3년 전 자신에게 강민에 대한 처리를 상의

했던 그자가 아니다.

이미 달수파가 연줄을 댄 정치권보다 더한 연줄을 엮고 있는 거물이 돼 있었다.

이찬명만 상대하는 것이라면 임달수도 해볼 만했다.

그는 애송이가 아니다.

그런 사실을 너무 잘 알고 있는 임달수.

"임달수! 제 이름을 걸겠습니다."

마음만 먹는다면 지금이라도 당장 이찬명의 목줄을 따는 것쯤은 일도 아니었다.

쥐도 새도 모르게 처리할 수 있는 방법은 널리고 널렸다.

그러나 공생관계에 있는 두 사람.

잠시 자존심은 내려놓아도 좋다고 판단했다.

"그래요? 그럼 한 번 더 믿어볼까요? 하하하."

오랜만에 일거리를 갖고 전화해서 사람 염장을 지르는 이찬명.

달수파가 사방에서 얻어터지며 시련을 당하는 동안 일체 연락을 하지 않았던 자다.

어디 작은 불씨라도 옮겨붙어 불똥이 튀기 시작하면 자신들의 살 길부터 도모하는 정재계인들.

그 순간 선택해야 하는 상책이라 해도 얼굴색 바꾸기를 예사로 하는 종자들이었다.

'깡패 새끼만도 못한 자식…….'

임달수는 속으로 여전히 분을 삭히고 있었다.

명목상 회사 간판 인강 실업을 상대로 지원하던 지원금도 대폭 삭감했던 이찬명.

그가 던진 미끼를 보고 임달수는 쩝쩝 입맛을 다시고 있었다.

"어디에 있습니까, 그 새끼."

낮고 진하게 목소리를 까는 임달수.

이 순간 강민이나 이찬명이나 임달수에게는 한 인물이나 매한가지였다.

"달수파가 할 수 있겠습니까? 힘들지 않겠어요?"

'으으으으.'

"말씀해 주십시오."

임달수는 두 눈이 뒤로 까뒤집힐 정도로 심기가 불편해졌다.

"뭐, 전화를 했으니 알려드려야지요."

끝까지 비아냥거리며 약을 올리는 이찬명.

'언젠가는 내 직접 그 주둥이를 손봐주겠어. 이 쌍노무 쉐끼.'

현재는 대원그룹 쪽에서 비자금을 아낌없이 대고 있었다.

그 돈을 받은 정치인들의 전폭적 비호를 받고 본격적으로 힘을 쓰고 있는 대원그룹.

들리는 소문에 의하면 새 정부가 들어서면 계획한 바가 대기업 길들이기라고 했다.

아직은 준비 중에 있으며 그 타깃 중 한 곳이 대원그룹이라는 소문이다.

오성그룹 선대 회장이 증여한 주식에 문제가 있다는 것.

그 소문 자체를 퍼뜨리고 다니는 사람이 바로 대원그룹 실질적 주인인 유명숙.

대원그룹 측에서는 자신들이 제법 성장한 기업이라고 오만을 떨고 있었다.

그러나 여전히 오성그룹의 비호를 받지 않으면 하루아침에 어떻게 될지 모르는 처지다.

또 정치권에서도 서민들에게 뭔가 제대로 추진하려는 의지를 보여주어야 하는 시점이다.

그 점에서 대원그룹을 타깃으로 보고 있었다.

정권이 바뀔 때마다 당연한 수순으로 되풀이되는 대기업 죽이기.

고분고분하게 새 정권에 고개를 숙이고 정치자금을 비롯한 여러 편의를 알아서 제공하라는 권력 행사의 한 형태인 것이다.

"부사장님, 부탁드립니다."

죽어도 준치라고 아무리 인천의 밤을 쥐락펴락하는 밤의 황제라는 타이틀을 달고 있어도 대기업 앞에서는 어쩔 수 없었다.

가진 힘과 행사할 수 있는 권력의 종류가 달랐다.

주먹 세계에서는 밀리지 않았지만 대기업을 등에 업고 움직일 때는 명분도 생겼다.

그 명분을 앞세워 일을 해나갈 때는 대우도 달라진다.

"오성그룹 회장님 댁에 있습니다."

"네? 그게 무슨… 오, 오성그룹 회……."

"네."

이찬명은 지금 자신의 외삼촌인 유병철 회장의 저택에 강민이 있다고 말하고 있었다.

임달수는 어이가 없어 달리 말을 잇지 못하고 있었다.

대한민국을 통틀어 정재계, 검찰을 비롯해 모든 권력 기관에 손이 뻗어 있는 오성그룹.

그들이 움직이면 인천 달수파도 순식간에 아작이 날 판이다.

이 나라의 대통령의 권력도 5년으로 유효기간이 존재했다.

그러나 오성그룹은 정해진 권력 사용 유효기간이 따로

없었다.

그룹이 망하는 그 순간까지 쭈~ 욱 될 것이다.

"왜 좀 머뭇거려지십니까? 그럼 저는 다른 곳을 알아봐야겠군요."

이찬명은 임달수를 어떻게 이용해야 하는지 잘 알고 있었다.

자존심에 죽고 사는 조직원들.

그것도 보스 자리에 앉아 있는 임달수는 3년 전 강민에게 된통 당한 자.

"강남의 다산파 정도면 화끈하게 처리할 것 같기도 하고 그도 아니면 강동파도 한 성깔 하니 거기도 좋겠군요."

불은 불로 꺼야 하는 법이다.

"……."

임달수는 침묵을 고수하고 있었다.

통일되지 못한 조폭 세계에서 아직은 가장 영향력을 발휘하고 있는 강남 쪽 거대 조직을 언급하는 비열한 이찬명.

가만히 앉아서 각 파 간의 기선 파악까지 다 하고 있었다.

"내가 처리하겠소."

분명하게 음색이 바뀌었다.

눈빛 또한 변했다.

인간미가 결여된 노란 광채를 띤다.

"대답이 어째 짧습니다."

대번에 말이 짧아진 것에 신경을 곤두세우는 이찬명.

휴대전화를 들고 있는 임달수가 어떤 모습인지 아직 감을 잡지 못한 채 이죽거렸다.

분명 평소와 다르게 행동하고 있는 임달수의 태도.

이글이글 끓던 분노의 감정도 식어버렸다.

차갑고 서늘한 기운이 감도는 임달수의 표정.

"어이, 이찬명!"

흥분한 기색은 찾아볼 수 없는데 살기 넘치는 낮은 목소리로 이찬명을 강하게 불렀다.

"지, 지금 나에게 어이라고 했소!"

당황한 것은 이찬명.

임달수의 호통소리에 되레 이찬명의 목소리가 살짝 떨렸다.

'이 새끼가 미쳤나…….'

이찬명은 일단 더 말을 잇지 않았다.

임달수에게 처음 당해보는 하대.

명색이 대원그룹의 핵심 계열사인 대원제당의 부사장 신분이다.

감히 그룹 차원에서 사장단들도 함부로 고개를 들지 못

하는데 일개 조폭 주제에 호통을 치듯 부사장의 이름을 불렀다.

"흐흐흐, 예예 해줬더니 어린노무 쉐끼가 간이 배때지 밖으로 튀어나왔어! 너 쉐끼야, 내가 누군 줄 알아? 나 임달수야, 임달수!!"

조금 전까지 꼬박꼬박 존대를 하며 이찬명을 받아주었던 임달수가 아니었다.

"들어서 알고 있지? 드럼통에 시멘트 좀 채워놓을까? 인천 앞바다가 안성맞춤이지!"

임달수는 누가 건들지 않으면 이유 없이 사람을 치지 않았다.

대가를 받고 의뢰를 받아 움직인 일이 몇 번 있지만 스스로 조직 세계에서는 인간적이라고 생각했다.

"허억."

임달수의 태도 변화를 그제야 눈치챈 이찬명.

차갑고 비릿한 기운이 전화 목소리를 타고 이찬명에게 전해졌다.

순간 호흡에 묻어 자신도 모르게 짧은 신음이 터져 나왔다.

"니가 무서워서 오냐오냐 하는 게 아냐! 이 쉐캬, 어른 공경하는 거 몰라? 몸조심해라! 네놈 따위 무서워할 임달수가 아니야! 대원그룹? 조까네~ 어디서 시건방지게 농간질이야, 쌍!"

지금까지 여러 건의 일 처리를 위해 임달수와 전화를 주고받았던 이찬명.

한 번도 임달수의 이런 본색을 접하지 못했던 이찬명은 등골이 서늘해졌다.

거친 조직 세계의 수장으로서 본색을 드러내고 있는 임달수.

그러나 이찬명은 당황한 기색을 감추며 차분하게 대응하려 애썼다.

"이, 임 사장. 이렇게 막 나오면 뒷감당 어떻게 할 생각이야! 나 대원그룹 부사장이야! 지금 대원그룹과 한판 하자는 건가?"

이찬명은 그냥 개인이 아니었다.

그룹을 등에 업고 다시 한 번 임달수를 겁박했다.

그러나…….

"뒷감당? 그건 니가 걱정해야 할 문제 같은데……. 흐흐."

전혀 흥분하거나 당황하는 기색을 엿보이지 않는 임달수.

흥분은 이찬명이 했다.

"무, 무슨 소리야!"

"이 임달수를 잘못 봐도 한참 잘못 봤어!"

"임 사장!!"

"날 푼돈이나 얻어먹는 생양아치로 본 모양이군."

취익!

임달수는 티테이블 위의 담배 곽을 열어 담배 한 개비를 꺼내 입에 물었다.

그리고 불을 당겼다.

"너희 모자가 벌인 모든 짓거리를 잘 정리해 차곡차곡 보관하고 있다는 말이야! 문서를 비롯해 음성파일까지 깔끔하게 정리해 뒀지. 이 임달수 수틀리면 어떻게 나갈지 모른다고!"

비위만 건들지 않아도 이런 치졸한 방법으로 관계를 정리할 임달수가 아니었다.

"확 언론에 뿌려 버리는 수가 있어! 이 어륀노무 쉐끼가 세상 물정도 모르고 깝쳐!!"

"……!!"

임달수의 예상치 못한 난동(?)에 정신이 번쩍 든 이찬명.

무엇이 되었든 임달수과 어머니, 그리고 이찬명 사이의 일이 언론에 알려져 봐야 좋을 게 하나도 없었다.

기업을 움직이다 보면 강성 노조원이나 중소기업들을 뒤

에서 협박해 원하는 방향으로 운영하는 일이 다반사다.

대원그룹 측에서 직접 손대기 껄끄러운 일들은 나름 손속이 깔끔하기로 소문난 달수파를 썼다.

그런데 지금 이찬명은 키우던 개에게 발을 물릴 위기에 놓이게 되었다.

"이, 임 사장 당신……."

"사장님이라고 불러 쉐꺄!!"

지금까지 단 한 번도 사장님이라고 정중하게 임달수를 대한 적이 없었던 이찬명.

"부사장 주제에 꼬박꼬박 같이 놀려고. 그리고 혹시라도 수작 부리지 마라! 우리 애들 너 하나 묻는 거 일도 아니니까."

흔적도 없이 사람을 작업하는 일이 임달수가 해온 일.

"거지 같은 기분 맛보고 싶지 않거든 어른들 공경하란 말이야! 배워먹은 것 없이 까는 것만 어디서 배워 처먹어서 어륀노무 쉐끼가!"

무슨 일인지 그동안 참았던 분노를 한꺼번에 터뜨리고 있었다.

이찬명은 어떻게 이 상황을 받아들여야 하는지 쉽게 판단이 서지 않았다.

임달수 역시 대원그룹에 관한 정보들을 갖고 있지 않았

다면 감히 이렇게까지 막 나갈 수 없었을 것이다.

더구나 든든한 보호막이 돼주었던 오성그룹을 등지고 그 그늘에서 벗어나기 위해 안간힘을 쓰고 있는 대원그룹.

이미 그 심보를 보이는 순간 임달수의 밥이 된 것이다.

"오늘 일… 잊지 않겠소."

띠릭.

간담이 서늘해졌을 이찬명이 이를 갈며 전화를 끊었다.

하지만 배짱 좋게 마지막까지 큰소리를 쳤다.

"그래 절대 잊지 말아야지! 크크."

툭.

통화가 끝나자 임달수는 들고 있던 휴대전화를 소파에 던졌다.

"쇠망치로 대갈통을 한 대 갈겨야 정신을 차릴 쉐끼란 말이야."

임달수는 재떨이에 담재를 비벼 껐다.

"드디어 왔다 이 말이지. 똘아이 쉐끼 뒈질라고 무덤을 팠군. 크크……."

입은 은혜는 잊는 한이 있어도 당한 것은 절대 기억하는 임달수.

적어도 스무 배 백 배로 갚아야 직성이 풀리는 성질이었다.

아직은 동업 관계에 있는 이찬명에게 엿을 먹일 만큼 강민에 대한 적개심과 증오는 대단했다.

"유병철 회장 그늘에 있다고 달라지는 건 없지. 허점이 없을 리가 있나. 유예린과 관계가 있을 것이다. 그렇다면……."

강민을 낚기 위해 사방 조직에서 놈을 노리고 그물을 쳐 놓은 지 3년의 시간이 흘렀다.

다른 놈들이 먼저 채가게 둬서는 안 된다.

임달수는 과거 눈앞에서 강민을 놓친 것이 두고두고 한이 돼 있었다.

강민의 약점을 잘 파악하고 있는 임달수.

그때도 그런 강민의 약점을 잘 이용했었다.

자신의 주변 사람들에 대한 절대적 정의감에 물불 가리지 않고 덤비는 강민의 성격.

당시에도 놈의 코치를 볼모로 일을 성사시킬 계획이었다.

끝내 뜻대로 되지 않았지만 해치우기 직전에 일이 틀어져 버렸다.

허공을 성큼성큼 걷던 노친네만 나타나지 않았어도 이찬명에게 이런 꼴을 당하지는 않았을 것이다.

당했던 놈들은 하나같이 같은 말을 내뱉었었다.

이구동성 한마디였으니 어느 정도 사실일 것이다.

허공을 걸었다는 것까지는 눈으로 확인하지 못했지만 아주 거짓이 아니라는 것 정도는 임달수도 알고 있다.

15년 전 다구리를 맞고 인천 앞바다에 묻힌 놈이 있었다.

당시 막 성장을 하고 있던 달수파를 향해 겁없이 시비를 걸었던 놈.

장발에 한복 차림으로 제정신이 아닌 미친놈이었다.

그놈 때문에 한자리에서 20여 명 정도 되는 부하의 팔다리가 모두 아작이 났다.

보호비 명목으로 삥을 뜯고 있던 애들이 일순간 당한 일이었다.

갑자기 정의의 사도라도 되는 듯 나타나 모조리 쓸어버렸다.

그 사실을 안 달수파는 정중히 그놈을 달수파 관할 선착장 창고로 초청했다.

멍청한 놈은 아무 의심 없이 순수하게 달수파가 차지한 선착장까지 따라왔다.

그리고 벌어진 일대 대결.

데리고 있던 애들이 당하자 임달수는 이것저것 계산할 게 없었다.

밀수입해 놓은 소총 한 자루면 끝.

가볍게 놈의 머리통을 갈겼다.

아무리 주먹 자랑을 해봐도 소총 한 발이면 조용해졌다.

임달수는 도인입네 하는 자들을 비롯해 무술을 좀 닦았다는 자들을 두려워하지 않았다.

총과 다구리 하나면 배겨날 인간이 없음을 잘 알고 있었다.

"미끼를 던져야겠어. 아주 맛깔스러운 것으로 골라서 말이야. 흐흐흐흐……."

원하는 바 목적을 위해서라면 수단방법을 가리지 않는 임달수.

빠르게 머리를 굴렸다.

미끼를 골랐다.

강민, 그놈을 잡기 위해 제대로 물이 오른 것으로 말이다.

"무식한 깡패 새끼!"

휘이익.

퍼억!

이찬명은 들고 있던 휴대전화를 매섭게 쨰리다 있는 힘껏 벽에 내던졌다.

부사장실 한쪽 벽에 날아가 박살이 나는 전화기를 보며

욕을 내뱉었다.

언제까지나 고분고분 나올 거라고는 생각하지 않았다.

무식한 깡패들의 의리란 게 지들끼리 맺은 언약.

강한 자에게는 굽실거리고 약한 자는 짓이겨 밟는 생리가 이름만 달랐지 자신이 사는 판과 피차 다를 게 없었다.

돈을 걸려 있으면 목숨 거는 게 그들이 말하는 의리.

단순 무식한 사고방식으로 뭉친 버러지들.

대비를 안 한 것은 아니었다.

그룹 내에서도 비밀리에 달수파의 뒤를 캐긴 했다.

수집해 놓은 정보만으로도 줄줄이 굴비처럼 엮어 처넣는 건 일도 아니었다.

대규모 마약 밀수 루트부터 조직원 계보까지.

또 여러 청부 살인 사건과 폭력에 관련한 사안.

몇몇 정치인의 뒤를 봐주며 그 울타리 안에서 갖은 불법과 비리를 다 저지르며 유지되고 있는 달수파.

언론에 찔러 넣으면 달수파는 물론 몇몇 정치인에게까지 타격이 가고도 남았다.

하지만 그전에 먼저 뒤를 칠 우려가 있는 임달수.

서로가 거래를 해온 시간만큼 약점도 많이 알고 있기 때문에 눈치껏 관계 유지상 안전거리를 두고 왔었다.

그러나 무슨 배짱에서인지 임달수가 이찬명, 아니 대원

그룹의 심기를 건드렸다.

"임달수! 너 많이 컸다!"

이찬명의 눈빛은 독사눈처럼 독기를 내뿜었다.

"은혜를 원수로 갚아? 그래 한번 두고 보자. 깡패 새끼 물정 파악도 못하고 고개를 쳐들어? 감히 나한테? 으으으."

찌질하게 양아치 수준으로 놀고 있던 임달수.

어머니 덕에 인천을 주름잡는 거대 조직이 됐다.

그런데 이제 와서 지금의 입지까지 올려준 은혜를 원수로 갚으려 하고 있다.

이찬명은 임달수의 태도 변화에 오래전부터 예상하고 있던 시나리오를 펼쳤다.

어차피 깡패들 바닥은 엎어도 깡패 바닥이다.

다른 여타 조직에 대해서도 익히 파악을 해놓은 이찬명은 적당한 조직들을 떠올렸다.

"새끼! 놀던 물이나 잘 지켰어야지, 어디 주제도 모르고 깝을 쳐!!"

강민을 입맛 다시는 놈들은 많았다.

몇몇 조직이 강민을 잡기 위해 혈안이 돼 있는 것은 모르는 사람 빼고 다 아는 사실.

내로라하는 조직들까지 당시 고삐리였던 강민에게 못 볼 꼴을 당한 것은 이미 잘 알고 있다.

자존심을 찾겠다고 꼴값을 떨고 있는 다산파와 강남파.

일 처리 관계상 달수파와 엮여 있어 강민을 임달수에게 던져주려 했을 뿐이다.

이찬명의 입꼬리가 올라갔다.

비릿한 미소가 얼굴 하관에 진득하게 번졌다.

"강민을 찾겠다고 혈안이 돼 있는 놈들에게 던져주면 볼만하겠어. 개 떼처럼 달려들겠지. 흐흐흐."

어린놈 하나 잡으면 자존심과 명예를 되찾기라도 하는 양 행동하고 다니는 멍청한 새끼들.

자신이 모르는 여러 가지 이해관계가 얽혀 있을지도 모르지만 이찬명은 도통 그들의 꼴통짓을 우스워서 볼 수가 없다.

저렇게까지 조직적으로 나설 까닭이 없지 않은가.

"손 안 대고 뒤처리를 하는 것만큼 좋은 것도 없지! 강민, 기다려라!"

이찬명은 생각지도 않게 자신이 덕이 많은 사람처럼 생각되었다.

자칫 지저분해질 수 있는 자신의 경력에 줄 그을 일은 생기지 않게 된 것이다.

강민을 물어뜯기 위해 주변에 널린 개 떼에게 던져주면 그만이었다.

아직도 강민에 대한 증오와 분노가 줄지 않은 이찬명의 심장.

다시 자작자작 타오르기 시작하면서 큰불을 낼 준비를 했다.

씨익.

차갑고 더러운 웃음기가 이찬명의 얼굴에 번졌다.

그 새끼 때문에 그나마 쓸 만했던 계집을 놓쳐 버렸다.

요즘은 잘나가는 뉴페이스 연예인이나 모델도 이찬명을 충족시켜 주지 못했다.

돈으로 안 되는 게 없었다.

그렇게 배웠고 그렇게 살아왔다.

그러나 유일하게 그 사이클에서 벗어나 이찬명이 제안하는 모든 것을 거부했던 정세아.

여전히 한국 고등학교 선생질에 목숨을 걸고 있었다.

그날 이후 일절 연락을 하지 못했다.

장세아 주변이 궁금할 때 정보원이 물어다 주는 사진 몇 장으로 갈증을 해소하는 정도.

이찬명은 책상 서랍을 열었다.

그리고 한 장의 사진을 꺼내 들었다.

"여전히 반반해~ 세아만큼 괜찮은 계집도 없었는데……."

여전히 미련이 남았다.

그나마 봐줄 만했던 아내 역시 아이 둘을 출산한 후 여자로서의 매력은 떨어졌다.

아니 거의 상실했다고 봐도 무방했다.

얼굴도 몸매도 한참 떨어졌지만 그룹을 위해 선택했던 아내.

아이 출산 전에는 그래도 참고 견딜 만했다.

그러나 머리가 굵어지기 시작하면서부터 시작된 이찬명의 여성 편력.

그런 이찬명을 만족시킬 수는 없었다.

물론 여성 편력이 화려하다는 사실을 알고도 결혼했을 만큼 이찬명의 사생활에 있어서는 결코 간섭을 하지 않았다.

그 사실 하나만은 이찬명도 만족스러웠다.

이혼할 생각이 없다는 반증이다.

이찬명은 장세아의 모습이 담긴 사진을 쳐다보며 입맛을 다셨다.

장세아.

올해 나이 28세.

과거 체조 선수답게 몸매 하나는 끝장나게 관리하고 있었다.

본래부터 동안인 데다 지금도 여전히 대학생 못지않은 풋풋함을 유지했다.

확실하게 취하지 못했던 미련이 이찬명의 심장을 지금도 뜨겁게 달구고 있었다.

또한 이찬명 자신이 장세아를 버렸어야 관계상 균형이 맞았다.

그러나 반대로 장세아에게 차이고 말았다.

입장이 바뀐 상태에서 부득이 관계를 정리해야 했던 이찬명은 여전히 분노심에 들끓었다.

"그 새끼부터 처리하고 보자고. 넌 나를 버릴 권리가 없어! 내가 너를 버리는 거야. 그때까지 넌 내 거야. 크크크……."

이찬명의 검은 눈동자가 더욱 진하게 변했다.

다시 취하게 되면 두고두고 괴롭혀 줄 생각에 절로 통쾌해졌다.

"…넌 영원히 내 거야, 장세아……."

이찬명은 사진을 끌어다 입맞춤했다.

시간이 지났음에도 여전히 대원그룹의 부사장 자리보다 더 욕심이 났다.

부의 끝을 향해 치닫는 이찬명에게 있어 남아 있는 것이라고는 뜨거운 욕정뿐.

"자~ 그럼 또 일을 시작해 볼까~"

스윽.

이찬명은 책상 서랍을 열어 사진을 넣고 옆에 놓은 대포폰을 꺼내 들었다.

"먹이를 던져줘야 물어뜯지! 깡패 새끼들 좋아서 침 질질 흘리겠군. 흐흐흐흐."

하관에 머물던 사악한 기운이 이마를 넘어 머리카락 끝까지 번졌다.

사람의 모습 같지 않아 보였다.

눈빛에는 이미 영혼을 잃은 사악한 존재의 집요함이 가득 차 있었다.

오늘 이 순간 이찬명을 살게 하는 원동력이었다.

"정말 오랜만에 가져보는 가든파티야~"

앞서 계단을 내려가는 예린이의 뒷모습.

물 오른 오리궁둥이처럼 좌우로 잘도 움직였다.

'웁스~'

아무리 봐도 여성들은 천부적인 변신술을 체득한 귀재들이다.

낮에 강의를 듣기 위해 학교에 갈 때의 모습은 맵시 있는 여대생의 모습이었다.

지금은 톡톡 튀는 맛의 아이스크림처럼 상큼발랄한 소녀의 모습이다.

이제는 좀 익숙해진 트레이닝복.

오성그룹의 여성들이라고 크게 다를 건 없었다.

하지만 전체적으로 편안하고 평범한 기운이 느껴지는 것이 대저택에 사는 사람들처럼 느껴지지 않았다.

'텔레비전이 문제야~ 환상 가족이구만.'

드라마를 통해 본 대기업 가족들의 생활 모습.

너무 많은 환상을 심어주고 있었다.

현실과 동떨어진 상상 속 그들의 삶.

나는 지금 오성그룹 회장님 댁에서 평범해 보이는 공주님의 뒤를 따르고 있다.

바로 현실은 이 모습이다.

정열의 색 빨강.

밴딩으로 머리카락을 뒤로 살짝 묶어 올리고 탱글탱글한 엉덩이를 좌우로 흔들며 걷는 예린이.

빨강색 핫팬츠에 푸른 줄무늬의 하얀 면티 차림이다.

나는 예린이의 뒷모습을 바라보며 흐뭇하게 계단을 내려갔다.

투명한 스포츠 브라 끈이 불빛에 번득거렸다.

일부러 눈길을 그곳에 둔 건 아니었지만 나의 시선을 잡아끌었다.
과거 예린이였다면 굳이 나의 시선은 예린이의 어깨선에서 멈추지 않았을 것이다.
'거 옷차림 좀 신경 쓰지~ 예린이도 참! 훗훗.'
시간이 예린이를 키워놓았다.
성숙 정도가 눈에 띄게 달라져 있기에 뒤태 역시 예술의 경지에 올라 있었다.
'단비가 참 괜찮았지…….'
한국 고등학교 당시 이미 단비는 예술의 경지를 뛰어넘어 있었다.
'누나…….'
예린이가 계단을 내려가는 모습을 바라보다 보니 주마등처럼 옛 여인들이 줄줄이 지나갔다.
그녀들에 비해 한참 모자란 감이 있었지만 적당한 키에 어울리게 나근나근한 몸매다.
티딕.
"어, 어, 어~"
"……??"
"읍!"
"어맛!"
'…….'

순간이었다.

물론 고의는 절대 아니었다.

한눈을 팔고 딴생각을 하는 바람에 계단에서 발을 헛디딘 것뿐.

넘어지지 않기 위해 두세 계단을 한꺼번에 건너뛰어 내려오다 본의 아니게 뒤에서 예린이를 덥석 안아버렸다.

다행히 계단을 다 내려선 예린이.

번득이던 스포츠 브라 끈에 턱을 올려놓고 말았다.

예린이의 어깨를 짚는다고 뻗었던 손이 미끄러지면서 예린이의 허리를 감싸 버렸다.

한쪽 볼에 닿는 예린이의 귀가 뜨거웠다.

'…정말 아트네.'

나는 순간 정신이 몽롱해졌다.

예린이에게서 풍겨오는 향기에 취한 것이다.

계단에서 바라봤을 때 매끈하게 빠진 두 다리는 탄력이 넘쳤었다.

눈앞에 어른거리는 고운 살빛.

눈이 풀리는 듯했다.

"고마워~ 민아."

"……!!"

그제야 정신이 확 들었다.

나는 예린이의 보디가드 신분 이상 접근해서는 안 된다는 윤라희 여사의 말을 깜빡 잊고 있었다.

"미, 미안해. 발을 헛딛는 바람에. 안 다쳤어?"

나는 최대한 별일 없었다는 듯 행동했다.

"아니? 괜찮아!"

금세 발랄하게 대답하는 예린이.

이런 점 역시 예린이의 매력이었다.

"응?"

"호호호, 네가 아니었다면 오늘 가든파티 즐기지 못했을 거야. 연속 이틀 만찬은 명절 때나 가능한 행사니까 말이야~!"

아무렇지 않은 듯 말을 뱉고 살랑살랑 엉덩이를 귀엽게 흔들며 걷는 예린이.

목소리가 한층 더 밝아졌다.

"고, 고맙기는. 난 니가 고마워~"

'예린아~ 넌 내 영혼의 은인이야~'

꿀꺽.

마른침이 내 허락도 없이 넘어갔다.

예린이 몸에서 풍겨 나오는 상쾌한 향수 내음.

바짝 붙어 맡아본 것만으로도 감사했다.

"정말?"

통통거리며 걷다 휙 돌아보며 다시 묻는 예린이.

터억.

향긋한 향에 취해 멍하니 뒤를 따라가던 나에게 갑자기 안겨왔다.

나의 가슴팍에 얼굴이 부딪혔다.

피할 수 있었지만 피하기 싫은 예린이의 우발적 접촉을 그대로 당했다.

부르르.

조금 전 일었던 감정에 다시 작은 접촉이 이어지자 온몸에 환희심이 돌았다.

어제는 양 도사의 눈을 피해야 한다는 일념에 다른 건 생각할 겨를이 없었다.

내 품에 안겨 겁먹은 아이처럼 웅크렸던 예린이를 느낀다는 것도 가능하지 않았다.

순간이 급박했기에 오늘처럼 마음이 여유롭지 못했다.

하지만 지금은 달랐다.

단 하루를 사이에 두고 나의 오감의 모두 열려 있었다.

"미, 민아."

내 가슴에서 들려오는 예린이의 부끄러움이 밴 목소리.

방금 전 당당했던 모습은 온데간데없었다.

"괘, 괜찮아……."

뭐가 괜찮은지 나도 막상 모르고 하는 소리였지만 그냥 괜찮았다.

"……."

잠깐 동안 어색한 침묵이 흘렀다.

예린이와 나의 움직임이 멈추자 주변의 모든 시공간이 함께 멈춘 듯한 착각이 일었다.

화끈화끈 예린이의 36.5도가 넘어가는 체온이 온몸을 타고 흘렀다.

'뜨겁다!'

나만 체온 변화를 느끼는 게 아니었다.

"어머~ 얘들아~ 영화 찍니?"

'헛!'

"엄마야!"

갑자기 들려온 놀람의 목소리.

"호호, 보기는 좋다만 너희 어제 엄마하고 한 약속 벌써 잊은 건 아니겠지?"

예린이에게 온통 집중하다 보니 예린이 뒤에서 다가와 팔짱을 끼고 쳐다보고 있는 예성 누님을 놓쳤다.

"언니!"

놀란 가슴을 진정시키며 예린이 예성 누님을 힘주어 불렀다.

"왜~ 사랑스럽고 깜찍한 막내 아가씨~"

눈가 웃음을 살살 지으며 예린을 가지고 노는 예성 누님.

세상에 알려진 차갑고 도도한 이미지와는 전혀 달랐다.

"깜짝 놀랐잖아. 기척을 내줘야지!"

"내가 우리 집에서 내 발로 다니는데 왜 그래야 하는데? 민이에게 꼬리치다 걸려서 부끄럽니? 호호, 그 나이 때는 그래도 돼. 그게 젊음의 매력 아니겠니~"

"언니이이이이이!!!"

거의 고함 수준으로 소리를 지르는 예린이.

'아직 상대가 안 되는군.'

아무리 예린이가 똑똑해도 유부녀에 사회생활까지 풍부한 커리어우먼에게는 밀렸다.

"파티 준비 끝났다~ 어서 와라. 아빠하고 오빠도 곧 오신다니까~ 호호호."

상쾌하게 웃음을 터트리며 등을 돌리는 예성 누님의 가벼운 발걸음.

예린이를 놀리는 재미가 쏠쏠한 것 같았다.

"치이, 나빠……."

여대생이 아니라 귀요미 여동생 같은 샐쭉한 표정을 보이는 예린이.

"예성 누님도 성격이 꽤 유쾌하시네."

“유쾌? 에휴, 말도 마. 바깥에서는 오성을 대표하는 차갑고 도도한 미모의 여성 사업가로 알려져 있지? 그건 순 뻥이야. 고등학교 다닐 때 가수하겠다고 방방 뛰다가 엄마 손에 거의 죽을 뻔했던 일도 있어~”

“정말?”

“그것뿐인 줄 알아. 대학교 다닐 때는 새벽까지 클럽을 전전하다가 엄마에게 머리도 깎였어.”

“헉!”

‘신문에 대서특필될 사건이네.’

“바깥에 알려져 있지 않아서 그렇지 사람 사는 건 다 똑같아!”

“그, 그렇구나.”

하긴 오성그룹 사람들에 관련한 사생활은 거의 신문이나 언론매체에 오르내리지 않았다.

그러나 한번 입방아에 오르면 전 국민의 이목을 집중시키는 오성그룹.

요즘 시점에 예성 누님의 과거가 모 연예인들의 과거처럼 알려진다면 대단한 이슈거리로 떠오르게 될 것이다.

‘윤라희 여사님 성격 장난 아니시네…….’

그리고 한 가지 더 알게 된 사실.

오성그룹의 안주인으로서 살림을 책임지고 있는 윤 여사

의 화끈한 성격.

대기업 회장 사모님께서 자녀들을 폭력으로 훈육했다는 사실을 누가 알겠는가.

"형부가 성격이 좋아서 그렇지. 정말 나 같으면 언니 같은 사람하고 못 살 거야."

예성 누님에 대한 전투력 지수가 상당한 수준까지 쫙쫙 올라가는 예린이.

한배에서 나온 자매는 영원한 친구이면서 적이라고 하더니 그 말이 맞았다.

'그래, 사람 사는 거 다 똑같은 거니까… 돈 많고 적은 것 차이뿐이겠지.'

나 역시 예린이 말에 동감했다.

아무리 입에 맞는 음식도 한두 번이고 좋은 집과 옷도 차고 넘치다 보면 지겨워지겠지.

부를 누리고 산다고 해서 그 사람 똥이 황금 똥은 아니지 않은가.

인간이 한평생 살면서 겪는 희로애락의 근본적인 문제는 동일한 것.

"오빠는 어떤 분이야?"

"오빠?"

"응."

"…불쌍한 남자? 그래, 불쌍한 남자……."

오빠 유재명에 관해 묻자 예린이의 얼굴이 어두워졌다.

'불쌍한 남자?'

갑자기 낮게 깔린 예린의 말에 함축적 의미가 배어 있었다.

물론 온 국민이 다 알고 있는 이혼 때문이라면 가정이 온전치 못한 게 가족으로서 불쌍하게 생각될 수도 있었다.

하지만 오성그룹의 후계자는 재계의 황태자.

그가 마음만 먹으면 안 될 일이 대한민국에 몇 가지나 있을까.

그런 사람에게 할 말은 아닌 듯싶었다.

"오빠가 불쌍해?"

"응……."

구체적으로 그 이유를 말하지 않았지만 예린이는 나의 생각과 달라 보였다.

여전히 얼굴이 어두웠다.

'이혼 한 번 했다고 황태자가 불쌍하다… 그럼 나는?'

비단 나뿐만 아니었다.

돈도 없고 직장도 없는 남자.

궁극적으로 여친도 없는 수많은 모태솔로로 늙어가고 있는 노총각들.

도대체 그들은 얼마나 불쌍하다고 해야 하는가.

아무리 행불이 상대적인 것이라 해도 황태자가 불쌍하다고 하는 것은 개념상실이다.

예린이 입장에서야 행복해야 할 가족, 그것도 오빠가 행복한 가정을 꾸리지 못한 게 불행해 보일 수도 있다.

하지만…….

"어머님이 기다리시겠다."

"응."

괜히 물었나 싶을 만큼 오빠 생각에 빠져든 예린이는 고개만 끄덕였다.

'만나보면 알겠지.'

톡톡.

"가자~"

나는 예린이의 어깨를 가볍게 쳤다.

오늘 처음 만나게 되는 유재명 상무.

부부가 이혼함과 동시에 오성전자가 아닌 오성건설 상무직을 맡게 됐다.

그 나이 대 평범한 일반 회사원에게는 꿈도 꿀 수 없을 정도의 자리였지만 황태자 신분의 유재명에게는 누가 봐도 어울리지 않는 자리.

사박사박.

끼릭.

가벼운 발걸음으로 예린이와 문을 열고 나갔다.

"우와~ 이 냄새는 뭐야?"

"엄마가 두 번째로 좋아하는 남미식 구이 모듬. 그 냄새야~ 죽이지?"

'캬아! 진정 럭셔리 라이프로구나.'

남미식이든 중국식이든 상관없이 먹고 싶으면 그 자리에서 지를 수 있는 오성그룹 회장님 사모님의 깡 파워.

강한 식신이 이 순간 한없이 부러웠다.

'아~ 배가 고프구나.'

끼이익.

승용차 한 대가 오성그룹 회장 댁 정문 앞에 멈췄다.

요즘은 흔해진 외제 승용차가 아니다.

오성그룹 임직원들에게 제공되는 국산 대형 승용차다.

타다닥.

차가 멈춰 서자 정문 앞에 대기 중이던 경호원들이 재빨리 튀어나왔다.

딸각.

그중에서 선임으로 보이는 경호원이 뒷문을 정중하게 열었다.

스윽.

한 남자가 내렸다.

"상무님, 오셨습니까."

경호원들이 차에서 내리는 유재명 상무를 향해 고개 숙여 인사했다.

"수고가 많습니다."

중후하게 울리는 유 상무의 음성.

키는 180이 살짝 덜 돼 보이는 신장에 인상을 쓰는 버릇을 갖고 있는 듯 이마에 깊게 자리 잡은 주름이 도드라져 보였다.

게다가 짙은 갈색 안경을 착용하고 있어 얼굴빛이 전체적으로 어두워 보인다.

어딘지 그늘이 져 보이는 유재명 상무의 모습.

선이 얇은 턱선은 어두워 보이는 유 상무의 인상을 더욱 까칠하게 했다.

거의 감정이 없는 듯한 눈빛은 서늘한 느낌마저 들었다.

의욕이라고는 찾아보기 힘든 권태로움이 유재명 상무의 주변을 감싸고 있다.

아버지인 유병철 회장의 눈 밖에 나면서 오성건설 상무 자리로 좌천당한 것이 황태자 유재명의 현주소였다.

"상무님, 대기하고 있겠습니다."

“그래요. 저녁만 먹고 바로 갈 테니까 좀 기다리세요.”

전 아내와 이혼 후에도 본가로 들어오지 않고 살림집에서 살고 있는 유재명.

200평이 넘는 집에서 혼자 살고 있었다.

유년 시절부터 엄한 유병철 회장의 훈육으로 길러진 유재명.

결혼만이 유병철 회장의 그늘에서 벗어날 수 있는 유일한 방법인 것처럼 가정을 꾸려 분가했었다.

아들인 유재명에게는 유독 엄했던 유병철 회장.

한때 한집에 머물러야 한다는 사실이 숨이 막힐 정도로 힘들었던 순간도 있었다.

어떻게 벗어난 본가인가.

다시는 이곳으로 들어오고 싶지 않았다.

정략결혼이긴 했지만 그래도 정을 붙이고 살아보기 위해 애썼던 헤어진 아내 이혜진.

그러나 사는 일이 유재명이 생각했던 것처럼 쉽지 않았다.

종합식품 회사로서 국내 제일의 입지를 갖고 있는 무영그룹의 장녀였던 그녀.

굵직한 기업들 사이에서는 참하다고 소문이 자자했던 그녀였다.

그러나 결혼 이후 그녀의 본모습이 소문과 많이 다르다는 것을 알고 난 뒤 이미 후회해도 어쩔 수 없었다.

거의 아는 사람이 없을 정도로 철저하게 이중적으로 살아왔던 아내였다.

외국 유학 중 동거 사실까지 까맣게 감춘 채 결혼한 그녀.

귀국 후에는 이름만 대면 알 만한 유명 연예인과 은밀한 관계를 유지해 오던 바람둥이었다.

모든 것을 감춘 채 유재명과 결혼을 했지만 단정한 대기업의 며느리, 후계자의 안주인의 옷을 불편해했다.

자신의 본래 사생활을 포기하지 못했던 그녀.

다시 은밀한 이중적 사생활을 시작하다 유재명에게 들통이 나버렸다.

그녀의 은밀한 사생활은 007작전 저리 가라는 수준이었다.

결혼 전까지 관계를 유지해 오던 유명 남자 연예인과의 관계를 다시 시작한 것.

그러나 오성그룹의 일원이 된 이상 유재명의 눈만 피해 은밀한 사생활을 유지할 수 있는 사람은 없었다.

그룹차원에서 관리에 들어가는 오성그룹의 구성원들.

정보실 그물망에 걸려 버렸다.

이혜진의 사생활이 공개되면서 유재명과의 사이에 이혼이 불가피해졌다.

이후 유재명은 망가지기 시작했다.

유병철 회장의 사랑을 독차지하는 여동생들과 달리 머리가 뛰어나지도 능력이 탁월하지도 않았던 유재명.

그래도 이혜진과 가정을 꾸리면서 보통 사람들이 사는 모습 이상의 몫을 해내며 크게 문제될 것 없이 오성의 사람으로 살아가고 있었다.

그러나 아이도 없이 깨져 버린 가정.

한순간 의욕이 사라졌다.

재계의 황태자라는 타이틀을 달고 있었지만 여성들과의 문제도 없이 나름 깨끗한 사생활을 유지해 왔던 유재명이었다.

그랬던 유재명에게 지저분한 과거와 결혼 이후에도 불륜을 저지른 이혜진의 행동은 충격을 안겨주기에 충분했다.

가장 가깝게 지내던 아내에게서 받은 배신과 충격.

소심하고 내성적인 자신과 달리 활달하고 유쾌했던 이혜진에게 마음이 갔던 유재명.

그런 여자의 배신은 유재명을 혼란스럽게 만들어 버렸다.

그것도 브라운관에 뻔질나게 얼굴을 내미는 유명 연예인

과의 불륜.

눈 뜨고 아내를 잃게 된 오성그룹의 황태자.

어두운 터널에서 지금만큼의 상태를 유지할 수 있을 정도로 시간을 보낸 것도 기적이었다.

지독히도 괴로웠던 시간을 혼자 아파하며 흘려 보냈다.

저벅저벅.

활짝 열린 대문을 걸어 들어가는 유재명 상무.

오성그룹의 후계자로서 당연히 받아야 했던 부모님의 기대.

어렸을 때부터 그 기대에 못 미치는 자신의 모습이 스스로 괴로운 사람이 바로 유재명이었다.

한 가지에 빠지면 쉽게 거기서 헤어나오지 못하는 유재명의 성격이 이혼이라는 중대한 사건과 맞물려 버린 것.

그 누구도 유재명을 그 외골수적인 기질에서 해방시켜 주지 못했다.

유재명 역시 잘 알고 있었다.

스스로 다시 일어서야 한다는 것쯤은.

그래서 다시 유병철 회장의 눈앞에 쓰러지지 않았다는 사실을 보여주어야 했다.

그러나 따라주지 않는 정신력.

괴로웠다.

유재명에게 절실하게 필요한 것은 위로였다.

그러나 주변 사람들 모두 부족할 것 없는 유재명을 위로해야 할 이유가 없었다.

소황제나 다를 바 없는 부유층 자제를 위로한다는 것은 의미가 없었다.

마음을 나눌 만한 친구 하나 없이 외로움을 견뎠던 유재명.

가족들도 제각각 바쁜 하루하루를 보냈다.

급변하는 국제 정세에 아버지는 그룹의 안녕을 위해 눈코 뜰 새 없이 바쁘게 시간을 보냈다.

어머니 윤라희 여사의 하루도 마찬가지였다.

대기업의 이미지는 대부분 안에서 만들어지는 법.

갖은 봉사활동과 여러 사회 활동을 병행하느라 정신이 없었다.

성인이 된 여동생들과도 사춘기 이후 대화라는 것을 거의 해보지 못했다.

유재명은 점점 소외되고 위축돼 갔다.

그렇게 시간을 보내고 있던 유재명에게 오늘 아침 어머니 윤라희 여사의 전화를 받았다.

가든파티를 준비한다는 연락.

2년 전만 해도 아내와 함께 참석했던 가족 모임.

힘을 내서 찾아왔다.

혼자 걸어 들어가는 발걸음이 무거웠다.

이런 기분으로 부모님과 가족들을 대해야 하는 것도 유재명이 곤혹스러워하는 부분이었다.

애써 어린 시절 즐거웠던 시간들을 떠올리며 얼굴색을 바꿔보려 억지로 입꼬리를 올려보기도 했다.

되도록 어두운 감정을 내비치고 싶지 않았다.

말하지 않아도 누군가 자신의 마음을 쓸어준다면 다행이겠지만 그 마음마저 내려놓기 위해 애썼다.

부우우웅.

"회장님이 오십니다!"

타다닥.

대문을 지나 몇 걸음 옮기지 않은 유재명의 등 뒤에서 경호원들이 소리쳤다.

밝은 헤드라이트 불빛이 대문 앞을 환하게 비췄다.

오성그룹 유병철 회장이 탄 승용차를 앞세우고 수행비서와 경호 차량들이 뒤를 따랐다.

끼이익.

덜컥.

가벼운 브레이크 파열음이 뒤를 이었고 경호원들이 재빨리 움직였다.

유병철 회장의 차 오른쪽 뒷좌석 문을 열었다.

스윽.

어제에 이어 오늘도 일찍 퇴근을 한 유 회장.

깔끔한 검푸른 정장에 짙은 갈색 구두가 눈에 먼저 들어온다.

"회장님, 오셨습니까!"

도열한 정문 경호원들이 고개를 숙여 유병철 회장을 맞았다.

"하하, 오늘도 수고가 많네."

기분 좋은 미소로 경호원들을 대하는 유병철 회장.

특유의 카리스마 가득한 눈동자가 가로등 빛에 반사되어 반짝였다.

"오셨습니까."

아버지 유병철 회장의 차가 들어오는 것을 보고 다시 대문밖에 나와 선 유재명.

경호원들의 인사가 끝나고 난 뒤 고개를 숙여 맞았다.

"일찍 왔구나."

"네, 지금 왔습니다."

"들어가자."

"네……."

생기 넘치는 기운이라고는 찾아볼 수가 없는 아들 유재

명의 모습.

맥 빠진 그의 모습에 살짝 눈살을 찌푸리며 앞장서 대문에 들어서는 유병철 회장.

아내와 두 딸에 비해 유독 아들 유재명에게는 차갑고 엄하게 대하는 유 회장.

분명 따듯하게 안아주고 위로해 줘야 할 타이밍이라는 것은 잘 알고 있다.

그러나 누가 뭐라 해도 유재명은 오성그룹을 이끌어갈 차기 후계자였다.

그런 점에서 이혼 경력 하나를 얻으면서 저렇게까지 맥이 빠져 버린 것은 마음에 들지 않았다.

잘못 들인 며느리 한 사람 때문에 망가져 버린 못난 아들의 모습을 보는 게 마음 편치만은 않은 유병철 회장.

그러나 자신이 이렇게 강하게 하지 않는다면 그나마 가능성도 장담할 수 없을 것이다.

유병철 회장 눈에 못마땅한 점이 한두 가지가 아니었다.

그룹 경영 참여가 아니라 연구원으로 나섰더라면 더 적성에 맞았을 유재명의 성품과 자질.

무단히 애를 쓰고 노력해 가르쳤지만 거의 발전이 없었다.

사자 새끼들 중에도 부족하게 태어나는 놈이 있게 마련.

유재명은 유병철 회장의 아픈 손가락이었다.

"휴우."

그저 짧은 한숨만이 유병철 회장의 답답한 속을 대변해 줄 뿐이었다.

제10장
아픈 사랑
마스터K

마스터K

'와우!'

제대로 된 감탄은 이런 순간 터지는 것.

물론 역시라는 말도 이 상황에 딱 맞는 말.

띵~ 티디딩~ ~ 딩딩딩~

정원 곳곳에 서 있는 가로등이 환하게 불을 밝히고 있다.

쏟아지는 가로등 불빛에 푸른 잔디는 더욱 낭만적인 분위기를 자아냈다.

넓은 정원에 음질 좋은 스피커를 통해 흐르고 있는 맑은 피아노 선율.

산책하기 좋은 공원을 찾아 나선다 해도 이보다 더 분위기가 있지는 않을 것이다.

서울, 그것도 강남 중심부에서.

넓은 부지 위에 펼쳐진 저녁 하늘과 맑게 울리는 음악.

있는 사람들은 굳이 밖으로 나가 다른 것을 찾으려 하지 않는다고 하는 말을 비로소 이해할 수 있었다.

나는 시끄럽지 않게 잔잔한 분위기에서 가든파티를 준비하고 있는 분주한 모습들을 바라보았다.

대부분 드라마에서는 연주자들이 가든파티 장소를 중심으로 한쪽 마련돼 있는 자리에서 연주를 하던데 사실은 그렇지 않았다.

브라운관에 비친 재벌가 파티 현악 4중주가 연주되고 있지는 않았지만 충분히 멋스러운 풍경이었다.

'이런 게 바로 가정에서 맛보는 낭만… 100프로 인생을 즐길 줄 아는군…….'

봄날의 극치를 달리고 있는 저녁 시간.

바람마저 부드럽게 불어오니 천국이 따로 없었다.

보통 평범한 사람들보다 못하게 살고 있었던 나의 환경.

다시 한 번 감회가 새로웠다.

대부분의 사람들이 월급쟁이에 하루하루 벌어서 먹고산다.

대한민국에서도 손가락에 드는 사람들이나 이런 환경에서 가든파티라는 것도 즐기며 살 것이다.

물론 예린이가 친구가 아니었다면 나 역시 구경도 못 해볼 풍경.

마음 한쪽에서 씁쓸한 기분이 들었지만 현실은 현실.

나는 분수를 아는 사람.

이 시간 또한 흘러가 어느 순간에는 나와 전혀 상관없는 것이 돼 있을 것이다.

그런 면에서 이 순간을 충분히 즐겨 보리라.

가로등 불빛을 받아 은은하게 빛을 발하는 잔디 위에 놓인 넓은 야외 테이블.

얼추 봐도 10여 명이 족히 앉아 식사를 할 수 있을 정도로 큼지막하다.

끝이 꽃무늬를 만들며 늘어뜨려진 은색 테이블보가 윤라희 여사의 러블리한 다른 성격을 보여주는 듯했다.

테이블 위에는 유백색 자기들이 꼭 이제 머리를 올린 새색시처럼 가만히 놓여 있다.

그리고 테이블 중앙에 놓인 투병한 유리병엔 붉은 장미가 가득 꽂혀 분위기를 한층 더 돋우었다.

새하얀 냅킨 위에 가지런히 놓인 포크와 나이프.

내 인생에 있어 이런 대우를 언제 받아볼 수 있을까 하는 생각이 스쳤다.

바람이 가만히 나를 스쳐 지나갔다.

투두둑.

치익 치이익 치이익.

언제 다 준비해 두었는지 대형 화덕에 숯은 이글이글 타올랐다.

이미 노릇하게 구워진 갖가지 고깃덩어리에서 기름이 뚝뚝 떨어지며 입안에 절로 침이 고이게 할 정도의 향을 풍겼다.

'히야~ 골고루도 준비하셨네~ 쩝쩝.'

돼지갈비에 목살, 삼겹살.

통닭에 오리, 소시지.

'허! 저건… 소갈비?'

화덕에서 해먹을 수 있는 것들은 다 모아놓았다.

쇠꼬챙이에 꽂아 숯불 위에서 돌아가고 있는 보기에도 맛깔스러워 보이는 고깃덩어리들.

화르르르.

살짝 불었다 잦아들었다 하는 바람에 숯의 불길이 일었다 사그라졌다를 반복했다.

불티가 훅 날리는가 하면 금세 허공에서 사라졌다.

칼집을 적당히 내놓은 고깃덩어리들은 알맞게 소금을 뿌

려 향신료로 맛을 돋워 그 향이 더욱 기가 막혔다.
노릇노릇 겉이 익어가는 바비큐들.
지글지글 숯에 떨어지는 기름 타는 냄새가 코를 자극했다.
꿀꺽.
입안에 가득 고인 달달한 침이 넘어갔다.
설악산 너와집 마당에서 양 도사와 단둘이 벌이던 고기 파티가 주마등처럼 앞을 스쳤다.
멧돼지 통구이를 해 뜯어 먹던 그때.
먹을 때만큼 행복했던 순간도 없었다.
"샐러드는 저쪽으로~"
나이에 비해 젊은 피부를 유지하고 있는 윤라희 여사.
적당한 어둠이 내린 가로등 불빛 아래서 보니 더욱 젊어 보였다.
윤라희 여사는 인견 소재의 붉은 치마바지와 푸른색 폭 넓은 블라우스 차림이다. 주방을 돕던 가사 도우미들을 지휘하는 모습에서 포스가 장난 아니게 풍겼다.
"어머니, 제가 뭐 도울 게 없습니까?"
"호호, 민이 군은 어제 수고가 많았잖아~ 오늘은 그냥 즐기도록 해요~"
"말 놓으십시오~ 예린이 친구입니다."

“호호호, 그럼 그럴까요? 그럼 아들처럼 편하게 대해도 되겠지?”

그제야 편하게 말을 놓는 윤라희 여사.

문득 강 여사 큰누님이 나를 챙겨주시던 때가 떠올랐다.

‘잘 계시겠지, 큰누님…….’

서울에 도착해서 아직 장씨 아저씨께도 연락을 넣지 않았다.

아직은 주변 상황이 어떻게 흘러가고 있는지 전혀 알 수 없는 상황.

마음을 놓기는 일렀다.

“그럼요~ 괜찮습니다, 어머니.”

한 지붕 아래 살 수 있도록 허락한 후에는 더욱 부드러운 표정으로 나를 대하고 있는 윤라희 여사.

“엄마, 맥주도 가져왔어요?”

“로젠부르크에 잘 숙성된 맥주들이 있다고 해서 주문했다.”

“호호, 엄마 오늘 제대로 쏘시네.”

일반 맥주가 아닌 제조 맥주를 주문한 모양이었다.

예린이의 말처럼 제대로 분위기를 아시는 분이다.

‘바비큐에 시원한 맥주~ 한 잔만 마셔도 죽이겠네.’

3년 전 이맘 때 골프 연습을 하다가 교장 샘과 나누었던 치맥이 절로 생각나는 순간이다.

바삭바삭 튀겨진 시장표 통닭에 기가 막히게 톡 쏘던 맥주 맛. 당시 맥주가 무슨 맛인 줄도 모르고 교장 샘이 건네는 것을 받아 마셨었다.

결국 배신을 때리긴 하셨지만 그 순간 역시 낭만적인 시간이었다.

벌써 3년 전 추억이 되고 말았지만 말이다.

그리고 이후 마셔본 술이라고는 양 도사표 독한 고량주와 같은 뱀술들뿐.

그것도 양 도사가 술이 당길 때 기분 좋아서 겨우 한 잔 건네는 술 정도였다.

눈앞에 쌓인 게 술이라고 양껏 마실 수 있었던 것도 아니었다.

수행 중에 술을 마셨다면 성질 고약한 양 도사에 의해 갖은 고초를 당했을 것이다.

적어도 설악산 흔들바위 아래 깔려 돌산에 깔린 손오공 신세가 되었을 테니까 말이다.

"예린아~ 너도 술 마시려고?"

뒤에서 예성 누님이 물었다.

"당연하지~ 나 이래 봬도 성인이야~ 개강 파티 때도 여자애들 중에서 내가 제일 잘 마셨다고."

'오잉? 예린이가 술을?'

생긴 건 전혀 입에 술도 안 대게 성장한 예린이.

자신의 주량 자랑을 했다.

"하긴 우리 엄마 딸이라면 기본이지~"

"어머, 딸들~ 지금 엄마가 술꾼이라는 거야?"

"호호, 엄마 술꾼은~ 그냥 술의 존재 이유를 사랑하시는 애주가시라는 거죠."

"엄마가 말했잖아. 술도 요리라고~"

예린이와 예성 누님의 대화에 끼어든 윤라희 여사.

제대로 술에 대한 예찬의 한마디를 날렸다.

두 딸의 머릿속에는 심심치 않게 술에 대한 예찬론을 펼치던 윤라희 여사의 어록들이 각인되어 있었다.

"좋아~ 술의 본질을 알고 즐길 줄 알면 주정뱅이가 되지는 않지~"

윤라희 여사는 테이블 세팅을 확인하면서 말을 이었다.

"살아가면서 어떤 것이 되었든 그 본질을 꿰뚫고 현명하게 사용할 줄 아는 사람만이 인생을 성공적으로 살아낼 수 있단다. 너희는 잘할 수 있을 거야. 이 윤라희의 사랑스러운 딸들이니까 말이야, 호호호호."

'헐…….'

윤라희 여사의 두 눈에서 진심으로 예린이와 예성 누님

에 대한 신뢰와 애정이 뚝뚝 떨어졌다.

무한 신뢰를 바탕으로 한 공식적 술 권장 자세.

인생이란 것이 거저 얻어지는 것이 없다는 생각이 들었다.

부모의 신뢰를 받으며 살 수 있다는 것.

나에게는 가능하지 않은 사치.

술 한잔을 마시는 일에서도 인생을 논의하고 있었다.

"사모님, 준비 다 끝났습니다."

그때 화덕 한쪽에서 조리를 하고 있던 요리사와 도우미 사이를 분주히 오가던 여성분이 윤라희 여사를 불렀다.

집 안에서 일하는 사람들의 모든 스케줄을 관리하는 집사였다.

"수고했어요. 양 실장."

"아닙니다."

'요즘 세상에 몇 집이나 집사를 두고 살까?'

삼십대 중반의 양 실장.

꽤 작은 키에 얼굴도 조그마한 여성.

전체적인 분위기는 단아함에 화장기도 거의 없는 것이 오성그룹 저택 집사 자리에 꼭 어울리는 분이었다.

아담한 체구에 꽤 미모의 여성인 양 실장.

눈, 코, 입이 오밀조밀 작은 얼굴에 어울리는 이목구비다.

조용한 목소리에 음색 또한 부드러웠다.

시집도 가지 않고 유병철 회장 댁에서 처녀로 늙어가고 있었다.

예린이 말로는 독신주의로 10년 전부터 집안일을 전담하기 시작했다고 했다.

특별히 깐깐한 면접을 통해 발탁한 재원이라는 것이다.

독학으로 명문대까지 졸업한 양 실장은 혼자라고 했다.

굳이 이곳이 아니어도 갈 곳은 많았지만 윤라희 여사가 양 실장의 처지를 알고 난 뒤 종신계약을 맺었다고 한다.

나는 오늘 아침 식사 중에야 처음 마주쳤다.

아침 일찍 일어나 밑으로 내려갔을 때 조용히 움직이며 회장댁 아침과 여러 가지 사무를 처리하고 있었다.

전체적 내부 인원들이 하는 일들을 코치하고 세팅하는 일을 도맡은 것.

"아빠는요?"

도착할 시간이 되었음에도 연락이 없는 아버지 유병철 회장을 찾는 예린이.

"곧 도착하신다고 했는데… 예성아, 강 서방은 어디쯤이라고 하니?"

먼 대문 쪽을 바라보며 도착하지 않은 사람들을 챙기는 윤라희 여사.

"그이도 거의 다 도착했대요."

아직은 아이가 없어 신혼의 시간을 보내고 있는 예성 누님.

그윽한 목소리로 그이라 말하며 윤 여사와 함께 대문 쪽으로 시선을 돌렸다.

"회장님이 오십니다."

그때 양 실장이 빠르게 유병철 회장님의 도착을 알렸다.

"어? 오빠도 함께 오는데요?"

"웬일이래? 저 양반이 재명이랑 같이 들어오고."

'오시는군.'

서서히 모습을 보이는 두 사람.

최근에는 이렇게 일찍 집에 들어온 적이 없다던 유병철 회장.

어제에 이어 연일 이어지는 이른 귀가가 나 때문인 것 같아 살짝 죄송해졌다.

먼저 모습을 보인 유병철 회장 뒤로 함께 걸어오는 삼십대 정도로 보이는 남자가 한 명 더 있었다.

'저분이군. 어둡네…….'

예린이가 말한 오빠였다.

첫인상만으로도 바로 유재명 상무임을 알 수 있었다.

표정이 굳은 채 경직돼 있다.

유병철 회장은 가볍게 뒷짐을 진 채다.

두 사람은 많은 대화를 나누는 사이 같지 않았다.

나를 배려하는 유병철 회장의 성격을 감안할 때 유재명 상무와도 관계가 나쁘지 않을 것 같았다.

하지만 현실은 그렇지 않아 보였다.

“어머~ 나의 사랑하는 두 남자가 같이 오시네~ 호호호.”

남편과 아들의 출현에 활짝 웃는 윤 여사.

“여보~ 아들~ 어서들 와요~”

하던 일을 잠시 놓고 손까지 흔들며 반겼다.

“엄마~ 적당히 하세요~ 누가 보면 이산가족 상봉이라도 하는 줄 아시겠어요.”

“언니 몰라? 엄마는 오빠 무지 사랑하시잖아~”

“그래~ 엄마의 못 말리는 오빠 사랑을 어떻게 하겠니. 당신도 여자이면서 딸들은 시집가면 그만이라고 하시는 분이시니까~ 호호.”

“아들~ 얼굴 좀 자주 보여주렴~”

“죄송해요, 어머니.”

어느새 윤 여사는 가까워진 유재명 상무의 손을 맞잡고 함께 걷고 있었다.

예린이와 예성 누님의 말은 한 귀로 흘리는 듯 유 상무를 향한 뜨거운 모정을 한껏 발산했다.

나의 어머니가 살아계셨을 때도 저 모습과 다르지 않았다.

어렸을 때지만 분명하게 기억나는 어머니의 손길.

모든 어머니의 모습은 하나같이 다 같아 보였다.

"여보! 나를 그렇게 반겨보시오?"

"어머~ 무슨 소리예요. 당신이 첫 번째고 아들은 언제나 두 번째인 걸요~ 아시면서 그래요~ 아들 어서 앉아라."

"엄마, 우리는!"

"예린아, 기대할 걸 기대해~"

"피이……."

어제에 이은 오늘 저녁까지의 오성그룹 회장 댁 가족들과의 시간.

가족을 이해하고 사랑하는 모습은 보통 가정들과 별반 다를 게 없었다.

하지만 먹고 자고 싸는 일을 제외하고 럭셔리한 환경은 차이가 많았다.

가볍게 주고받는 얘기들도 크게 다르지 않았다.

아마 내가 있어서 그런 듯하다.

"네, 어머니, 잘 지내셨어요?"

"얼굴이 왜 이렇게 안됐니? 밥은 잘 먹고 다니는 거니?"

윤라희 여사는 유재명 상무 옆에 바짝 붙어 얼굴을 살폈다.

하지만 고개를 약간 숙인 채 가볍게 대답만 하는 유재명 상무.

그런 아들의 모습을 걱정스러운 눈빛으로 바라보는 윤 여사.

확실히 예린이나 예성 누님을 대하던 쾌활하고 발랄하던 모습은 아니었다.

뭐랄까?

근원적인 관심에서 생기는 걱정스러움이라고 할까.

"잘 먹고 있습니다."

"그래… 그럼 들어가서 좀 씻고 나오겠니? 오랜만에 우리 천천히 얘기 좀 나누자꾸나."

"네……."

차기 오성그룹을 이끌 회장감으로서는 뭔가 좀 부족해 보이는 이미지다.

윤라희 여사나 유병철 회장의 강단 있는 모습과 달리 책상머리에 앉아 공부만 한 사람 같다.

'되게 소심하신가 보네. 내성적인 데다 외골수 형이야.'

인상에서 풍기는 이미지가 이미 점수를 한참 깎아 먹고 있었다.

양 도사가 한 말 중에 사람이 서른이 넘어가면 자신의 인생이 얼굴에 밑그림을 그리기 시작한다고 했다.

인상이 굳어지면서 그간 살아왔던 인생의 윤곽이 잡히기 시작하는 시기란 말이다.

양 도사는 관상을 절대적으로 믿을 건 못 되지만 100의 50은 분명하게 영향을 받는다고 했다.

그런 면에서 유재명 상무는 예린이에게서 느껴지는 리더십보다 포스가 좀 약해 보였다.

"오빠, 오랜만이에요."

"어서 씻고 와요. 오빠하고 술 한잔 약속한 지가 벌써 1년 전이에요."

예린이와 예성 누님도 유재명 상무를 살갑게 맞았다.

"자고 갈 거지?"

"아, 아닙니다."

"…그래, 씻고 와라."

유재명 상무의 대답에 살짝 서운한 기색이 스치는 윤라희 여사의 얼굴.

나에게 저렇듯 애정 어린 눈빛으로 바라봐 주는 어머님이 안 계신다는 게 실감이 났다.

부모에게 자식은 여든 노인이 되어도 색동옷을 입고 재롱을 부리던 어린아이의 모습이라고 했다.

윤라희 여사의 눈빛은 유재명 상무를 어린아이 바라보는 듯한 시선으로 훑고 있었다.

"강민 군, 어때 오늘 하루 잘 지냈는가?"

"네, 회장님 덕분에 잘 보냈습니다."

함께 인사를 나눌 만한 타이밍을 놓치고 서성이고 있을 때 유병철 회장이 아는 체를 해왔다.

"예린이 저 녀석이 귀찮게 하지는 않았고?"

"아닙니다. 예린이는 늘 저에게 친절합니다."

누가 누구를 불편하게 하면 안 되는지 헷갈렸다.

오늘 하루 예린이가 거금을 투자해 나를 친절하게 재세팅해 준 기억밖에 없었다.

"하하, 다행이군."

유재명 상무에게는 별말을 섞지 않던 유병철 회장이 나에게는 다정하게 말을 조곤조곤 건넸다.

파밧.

'엥?'

아니나 다를까.

그 순간 왼쪽 어깻죽지로 날카로운 기운이 스쳤다.

"오, 오빠 인사해요. 내가 예전에 말했던 친구 강민이에요."

눈치를 보고 있던 예린이가 유재명 상무에게 나를 소개

했다.

"친구?"

나는 재빨리 돌아섰다.

"엄마가 당분간 집에서 신세지는 걸 허락하셨어요."

"예린이 말이 맞다. 예린이 보디가드를 부탁했다."

나는 일단 고개를 숙여 보였다.

"네……."

'이 형님 보게? 왜 훑고 그러셔?'

감정도 없는 듯한 차갑고 가늘게 뜬 눈으로 나를 소리 없이 위아래로 훑었다.

역시 나의 첫인상이 마음에 들지 않는 모양이었다.

내가 봐도 나에게 호의를 더 베풀고 있는 유병철 회장에 대한 불만을 그런 식으로 나타내는 듯했다.

서로 마주보고 있는 게 약간 불편해질 것 같았다.

"잘 부탁드립니다."

아쉬운 것은 나였다.

나는 웃으며 인사를 건넸다.

"…씻고 오겠습니다."

다른 반응을 보이지 않았다.

나를 한 번 묘한 눈빛으로 응시한 후 고개를 돌려 윤라희 여사에게 말을 했다.

'속도 좁군.'

예린이와 예성 누님과는 성격이 사뭇 달랐다.

눈빛도 감출 줄 모르는 데다 뻗치는 기운도 조절을 하지 못했다.

차기 오성그룹 회장감으로 입에 오르내리고 있다는 것이 의아했다.

"다들 조금만 기다려라. 아빠가 금방 씻고 오마."

유병철 회장의 귀가 시간에 맞춰 모든 게 세팅되었다.

"양 실장, 가서 맥주도 꺼내 와요."

"네, 사모님."

'흐음, 저 눈빛은 뭐지?'

살짝 어깨가 처진 채 집 안으로 들어가는 유재명 상무.

유병철 회장의 모습이 사라진 뒤 유재명 상무의 뒷모습을 바라보는 양 실장의 눈빛에 안타까운 빛이 스쳤다.

다른 사람들은 자신이 하던 일을 하느라 바로 돌아섰지만 나는 분명 보았다.

자신이 모시는 회장의 아들을 바라보는 그런 눈빛이 아니었다.

예린이네 가족 모두 아무도 모르는 듯한 분위기다.

'흠, 차차 알게 되겠지.'

오늘에야 모두 안면을 트게 된 예린이네 식구.

평범한 것 같다가도 전혀 그렇지 않는 느낌이 드는 가족들이다.

복잡한 세상 밖의 모습과 흡사한 구석이 많다.

스슥.

휙.

분가를 하기 전까지 지내던 자신의 방.

유재명은 신경질적으로 넥타이를 풀러 바닥에 내던졌다.

이래서 본가에 오는 게 질색이다.

오성그룹 임직원들은 자신이 오성건설로 좌천되었다고들 생각했다. 하지만 건설 쪽으로 빠져나간 건 유재명이 선택한 노선이었다.

오성그룹 내에 있기에는 아버지 유병철 회장을 감당하기가 힘에 부쳤다.

오성그룹 산하 다른 계열사들에 비해 건설 쪽은 사무실 분위기부터가 달랐다.

전자 쪽은 하루도 빠짐없이 유병철 회장과 부딪혀야 했다.

그나마 건설 쪽으로 빠지고 난 뒤 아주 안 볼 수는 없지만 그래도 한 달에 겨우 한 번 부딪히는 정도.

더구나 현장은 건설 쪽에서 잔뼈가 굵은 이들이 많아 일에 대한 부담감도 덜 수 있었다.

오성건설 본부 파견 인원이라고 해봐야 다른 사람들이 생각하는 것처럼 많지 않았다.

하청에 몇 겹의 도급으로 얽혀 있는 건설.

로비만 잘 신경을 쓰면 오성의 인맥으로 수주하는 건 일도 아니었다.

하지만 부득이 이렇게 가족 모임이 있을 때는 어쩔 수 없이 아버지 유병철 회장과 마주해야 했다.

두 여동생을 대하는 것과는 누가 봐도 확연히 차이가 나는 아버지의 태도.

숨 막힐 정도로 엄한 잣대를 유재명에게 대고 있었다.

어린 시절부터 그랬다.

같은 일을 치르더라도 예린이나 예성이를 대하는 아버지의 모습은 유재명에게만은 질책으로 돌아왔다.

환한 얼굴로 자신을 바라봐 준 게 손가락으로 꼽았다.

겨우 어린 시절 어느 시점에서 보였던 아버지의 미소가 추억으로 남아 있었다.

최근에 가정이 깨지면서 더욱 냉랭해진 아버지의 모습.

그 일은 유재명 자신에게도 씻을 수 없는 상처를 남겼던 일대 사건이었다.

사생활까지 오픈되면서 사회적 질타를 감당해야 했던 전

아내와 유재명.

아버지는 아들로서 유재명을 대한 적이 거의 없었다.

할아버지 때부터 이어져 온 경영 수업을 유재명에게 그대로 전수했다.

몇 번이고 자신의 입장을 말하고 싶었지만 그렇게 하지 못했다.

고통스러웠던 아버지와의 시간들.

유재명이 꾸는 꿈은 오성그룹에는 쓸모가 없었다.

아버지 유병철 회장 입장에서 두 번 생각할 가치도 없어 보이는 듯했다.

문과보다 이공계 계열의 학업이 더 적성에 맞았던 유재명.

항공기와 우주공학도의 꿈을 꾸었었다.

그러나 한 개인의 꿈이 그룹차원에서는 무시되어도 무방했다. 틀에 박힌 듯한 유재명의 진로는 이미 뱃속부터 정해져서 나왔던 것.

결혼만 해도 마찬가지였다.

유재명이 마음을 주고 사랑을 약속했던 여인이 있었다.

재계의 황태자라는 타이틀을 달고 청년 시절을 보냈지만 여타 다른 기업의 자제들처럼 문란하게 놀지 않았다.

그것은 자신에 대한 사랑하는 여인에 대한 예의였고 신

의였다.

만남을 가지던 재계 후계자들이 잘나가는 연예인을 비롯해 문어 다리처럼 펼치고 연애질을 할 때도 유재명은 그들과 거리를 두었다.

처음 사랑을 알게 해준 소중한 여인.

그 여인과의 결실을 위해 아버지 눈에 들기 위해 온갖 노력을 다했다.

당시에는 유재명의 얼굴빛도 긍정의 기운이 가득했다.

옆에서 자신을 지켜봐 주고 응원해 주는 사랑하는 여인 한 사람의 힘이 얼마나 큰지 실감하던 때였다.

당시 아버지로부터 가장 많은 칭찬을 듣기도 했다.

유예성만큼은 아니었지만 능력을 인정받아 가고 있던 시기였다.

그게 문제였다.

어느 정도 능력을 인정받게 되자 기업 가문들 사이에서 결혼 얘기가 흘러나왔다.

당연한 수순을 거쳐 정략결혼의 주인공이 됐다.

그 자리에서도 꿈꾸던 미래처럼 유재명의 사랑하는 사람은 아무 가치 없는 존재로 전락해 버렸다.

물론 IMF를 겪는 대한민국의 거의 모든 기업이 휘청거리던 때였다.

현찰이 거의 전무했던 오성그룹으로서는 기초자본이 넉넉했던 무영그룹과 손을 잡을 수밖에 없었다.

유재명만 마음을 돌리면 2조 원이라는 거액의 수혈을 받을 수 있었다.

무영그룹의 장녀 이혜진.

그녀는 2조 원이라는 돈으로 유재명을 샀고 무영그룹은 신용과 신뢰가 탄탄한 오성그룹이라는 든든한 배후를 얻는 것이었다.

당시 하루에도 수 개씩의 기업이 쓰러져 갈 때 오성그룹에 있어 무영그룹의 조건은 파격적이었다.

유재명은 피할 수 있다면 피하고 싶었다.

그러나 엎친 데 덮친 격으로 오성자동차의 무리한 투자가 환율 여파를 피할 수 없게 됐다.

은행들의 대출 회수에 목줄이 졸리기 시작했고 오성그룹은 무영그룹의 제안을 흔쾌히 받아들였다.

그때도 아버지 유병철 회장은 유재명의 의사는 전혀 묻지 않았다.

어쩌면 당연히 그룹을 위해 유재명이 유병철 회장과 뜻을 같이해 줄 것이라고 믿었을지도 모르지만 유재명에게는 단 한 사람이었던 사랑하는 여인이었다.

그녀는 알고 있었다.

어차피 재벌가의 사람들의 결혼은 기업 간의 정략결혼밖에 없다는 것을.

오성그룹으로서는 다른 선택의 여지가 없었던 상황이었다.

그런 사실을 잘 알고 있었음에도 유재명은 자신이 할 수 있는 게 어느 것도 없다는 사실에 좌절해야 했다.

그때 그녀가 더 적극적으로 유재명을 무영그룹에 밀어 넣었다.

어차피 이루어질 수 없는 사랑임을 알고 있었던 그녀.

절대 오성그룹을 지켜내라는 말과 함께 눈물지으면서도 입가에 미소를 잃지 않았다.

유재명은 입술을 깨물고 속으로 피눈물을 흘리며 결혼식을 올렸다.

그리고 최선을 다해 가정을 지키기 위해 애썼다.

그것 역시 사랑하던 그녀가 바라는 바였다.

"쌍년! 나한테 어떻게… 그럴 수가 있어……."

그랬던 유재명이었다.

그 누구도 유재명의 속내를 들여다보려 하지 않았다.

아니, 관심도 없었다.

오로지 오성그룹의 성장과 발전만이 전부였다.

오성그룹의 정보팀 수준이라면 전 아내 이혜진의 사생활

에 관해 몰랐을 리가 없다.

아버지 유병철 회장이 어떤 사람인가.

그런 분이 차기 회장을 취임하게 될 장남인 유재명의 아내, 자신의 며느리를 정하면서 뒤를 조사하지 않았을 리가 없다.

유재명이 화가 난 것은 전처 이혜진 때문이 아니었다.

어차피 바람둥이 와이프는 여자를 밖으로 돌게 한 남자에게 문제가 있다는 질타밖에 따라붙지 않는다.

무능력한 남자에 대한 여자들의 발악 정도로 받아들여지는 현 세태.

이미 흐르는 물에 떠내려가 버린 쓰레기 더미나 다름없었다.

'아버지… 절대… 아버지가 원하는 대로 되지 않을 겁니다.'

유재명의 눈빛에 분노가 서렸다.

자신이 의심하는 것들이 설사 사실과 다르다 할지라도 생각할 때마다 화가 치밀었다.

그 잘난 무영그룹의 장녀 이혜진은 순수했던 유재명의 아픈 사랑까지 처참하게 만들어 버렸다.

오성그룹의 명성과 이미지에 떡칠하고 정리된 이혜진은 보란 듯이 그 잘난 남자 연예인과 해외로 여행을 다녔다.

다시 재혼을 하지는 않았지만 공식 커플로 소개되고 거의 동거하다시피 생활하고 있었다.

"저 새끼는 또 뭐야?"

이혜진과의 결혼을 얼마 앞두지 않고 있을 때 들었던 한국 고등학교 재학생 예린이 친구.

당시 이런저런 언론매체를 통해 자주 보고 들었던 이름의 주인공.

그때는 어린놈이 제법 쓸 만한 능력이 있구나 생각도 했었지만 이후 여러 일들을 겪으면서 차차 잊어가고 있었다.

예린이에게까지 신경을 쓴다는 게 가능하지 않았었다.

"집에 들여? 저런 고아를? 어머니는 도대체 뭘 믿고……."

절대 어머니가 아무나 집에 들이는 분이 아니라는 사실을 잘 알고 있는 유재명.

무엇엔가 단단히 홀린 게 분명했다.

집안에 일이 있어 모인 친인척들도 웬만해서는 저택에서 하룻밤 묵어가는 일이 드물었다.

아버지의 형제 분들도 집에 장시간 머무는 걸 꺼려할 정도.

어머니가 완벽하게 장악한 오성그룹 저택.

분명 예린이의 의사로 결정된 것은 아니었다.

"휴우……."

오늘 가든파티만 해도 갑작스럽게 통보되어 왔다.

요즘은 본가에 있어 신경을 끄고 지내려고 애썼다.

내일이 주말이긴 하지만 피차 서로가 각자의 일이 바빠 모일 시간도 허락되지 않았다.

유재명은 가슴이 답답해 긴 숨을 몰아쉬었다.

오랜만에 마주했음에도 대문 앞에서 아버지가 보였던 차가운 시선.

예린이 친구에게 보이던 아버지의 모습을 유재명은 언제 본 적이 있었나.

가슴 한쪽이 저릿저릿 아려왔다.

녀석에게 보인 아버지의 모습은 항상 유재명이 그리워하던 것.

누구의 아들일 수 없었던 오성그룹의 황태자 신분인 유재명.

유병철 회장은 유재명에게 있어 아버지였던 적이 거의 없었다.

"젠장… 나를 왜 부른 거야."

지금에 와서는 정략결혼에 관해 한마디 언급도 하지 않았던 어머니까지 원망스러웠다.

말린다고 어떻게 피할 수 있었던 것은 아니지만 말리는

시늉이라도 한 번쯤 보여주었다면 이렇게까지 원망스럽지는 않았을 것이다.

단 한마디도 하지 않았던 어머니.

그러나 유재명을 그 누구보다 사랑하고 아낀다는 사실은 부정할 수 없었다.

어떤 이유에서든 본가에 발을 들일 수 없다면 좋을 것이다.

그러나…….

똑똑!

"누구야!"

밖에서 들려오는 노크 소리에 신경질적으로 반응하는 유재명.

"저… 예요."

『마스터 K』 제14권에 계속…

가면의 마존
눈매 新무협 판타지 소설